JÉRÔME CHANTREAU

Bélhazar

ROMAN

J'AI LU

Aux enfants disparus.

« ... en ses douloureuses et sombres entrailles un étranger avait été porté à la vie, nourri d'éternité par des messages perdus, un étranger qui serait à lui-même son propre fantôme, qui hanterait sa propre demeure ; seul dans son âme, seul au monde. Ô perdu ! »

Thomas WOLFE, *L'Ange exilé*

AVERTISSEMENT AU LECTEUR

Cette histoire est inspirée de faits réels. Afin de respecter la tranquillité des protagonistes, les noms propres et les noms de lieux ont été modifiés.

Tout est vrai. Je n'aurais jamais quitté ma vie, à sept cents kilomètres de là, si cela n'avait été qu'une de ces légendes qu'on prête aux enfants singuliers. Je serais resté chez moi, au Pays basque, où j'étais professeur. Je n'aurais jamais eu l'idée de suivre un mort.

Ce soir, je réside à l'hôtel *La Marine*, à Dinan, dans les Côtes-d'Armor. Je peux voir par la fenêtre le petit port, et la nuit tomber. Des passants rentrent chez eux, d'autres boivent une bière en terrasse. Sur le quai, la carcasse d'un chalutier darde vers les étoiles les os de son squelette. Des talons dérapent sur les pavés inégaux. Les enfants jouent à longer le bord du quai, en équilibre au-dessus des eaux noires. C'est une soirée d'août, tiède et longue. Qui donne envie de monter dans la nuit en marche.

Juste au-dessus de la cime des arbres, sur l'autre rive de la Rance, la lune vibre comme une cymbale. J'évite de la regarder. Je connais les illusions dont elle est capable. Je sais qu'elle est la dernière demeure du lapin blanc.

Lors de mes premières visites, j'enquêtais. J'arpentais le port à la recherche d'indices. Je pensais pouvoir retrouver dans l'air des particules de souvenirs, comme de la poussière déposée sur les meubles. Je voulais respirer le vieux parfum du crime. Pendant des années j'ai cherché là où il n'y avait rien. C'était avant que tu m'apprennes à regarder. Je n'ai plus besoin de preuves à présent. J'ai vu palpiter ton monde sous le vernis de la réalité. J'en ai trouvé le passage.

Cette nuit, je n'irai pas me mêler aux noctambules. Je resterai dans ma chambre. Je n'ai plus de raisons d'en sortir. Car la porte est en dedans. Demain matin, j'entrerai dans le labyrinthe. Pour toute autre personne ce n'est qu'un champ dans la campagne bretonne. Ça l'était pour moi aussi. Ton père avait beau me répéter que *Tout est jeu*, je ne comprenais pas, je n'écoutais pas. Mais aujourd'hui, après des années de recherches et de découragement, après que tout autour de moi s'est écroulé et que tout s'est redressé, je touche au but.

Je vais venir vers toi, et cela veut dire que je ne sais pas où je serai le jour d'après. Ni s'il y aura un jour d'après.

Serai-je le prochain mort sur la liste macabre qui s'attache à ton histoire ? Cette question qui m'a tant effrayé, jusqu'à m'empêcher d'écrire, ne provoque plus chez moi aucun frisson. C'est étonnant comme la peur passe. J'ai laissé des pans de ma vie en chemin, j'ai fait ma mue et payé le prix du Regardeur de soleils. J'avance vers toi, tranquille, malgré les protestations de ceux qui m'ont dit que j'étais fou, que j'allais me perdre. Qu'importe. J'entrerai dans le labyrinthe, car tu m'y appelles.

Je t'ai connu, il y a une dizaine d'années, le temps de ton passage au Pays basque. Tu étais l'un de ces enfants dont l'acuité intellectuelle peut mettre mal à l'aise les adultes. Ta longue gabardine en cuir, ta collection de timbres que tu vendais sous le manteau, tes devoirs tapés à la Remington, tes inventions quotidiennes... Tout ce folklore était devenu célèbre.

Mais tu es bien autre chose.

Tu es le Regardeur de soleils, celui qui boit la lumière sans se brûler les yeux, le Petit Diderot, encyclopédiste de douze ans, sachant tout et ne répondant rien, tu es l'Arpenteur, qui trace en marchant la carte d'un monde invisible, le garçon aux cheveux de jais qui donne à ses amis le courage d'être eux-mêmes. Tu es l'adolescent qui ne dit pas bonjour, mais offre des fleurs, les mange et recrache par le pinceau des terres inconnues, le gamin à l'intérieur duquel survit l'âme d'un Poilu de 1914. Tu es le maître du lapin blanc, devant qui les mensonges s'effondrent. Tu es Bélhazar, qui ne tient pas dans les mains de la vie.

Je devais te raconter ton histoire. Laquelle ? Je ne savais rien de toi ou presque avant de commencer ce livre. J'avançais sans te connaître car j'étais, comme les autres, fasciné, ébloui. Parfois, tu cherchais à m'expliquer. Je ne voulais pas t'entendre. Écoute-t-on les enfants ? Écoute-t-on les morts ?

Cela m'a pris des années pour comprendre ce que je devais écrire. Ouvrir les yeux devant les soleils. Qu'importe la brûlure et la part du feu. Alors j'ai découvert que tu avais laissé derrière toi les traces d'un fabuleux jeu de piste. J'ai recomposé la carte de ton pays imaginaire. La mort y rôde. Il faudra bien que je la croise. Et c'est à cet instant que je saurai si je bénéficie d'un droit de passage. Quel orgueil, quand j'y pense ! Croire que tu me permettras d'avancer dans les méandres de ton monde, et que tu me guideras jusqu'à sa sortie.

Cette nuit, c'est la veillée d'armes. Je la passerai à reprendre une dernière fois les pièces du puzzle.

Les bars du port ferment un à un. Des grappes de buveurs s'éloignent. Je tire les rideaux et me place devant le mur de ma chambre. Je vais d'abord raconter ton histoire, la vraie, et tu seras sur mon épaule comme un geai perché sur la branche d'un chêne. Il faudra que tu me guides. Qui d'autre que toi pourrait connaître le chemin ? Qui d'autre pourrait me précéder dans ce labyrinthe qui nous conduit de l'autre côté du monde ? Dans ce royaume que tu as offert aux enfants disparus.

Quand j'en aurai fini, j'exécuterai le rituel.

Je placerai devant mes yeux la photo de toi que je préfère, celle où tu marches sur la plage de Poé. « Arpentes » serait le mot juste, car tu la mesures de tes pas, accaparé par une tâche invisible. J'y ajouterai la photo d'un panneau que tu avais disposé dans le champ imaginaire et qui pour moi – sans doute pour moi seul – représente le plan de ton labyrinthe. Je la disposerai sous ma chaise, comme une trappe prête à s'ouvrir. J'allumerai une bougie.

Vois, je range dans mon sac de voyage ma tourmaline noire et mon œil-de-tigre. La flamme vacille.

Pour la dernière fois, nous avons rendez-vous.

Ton histoire commence au lendemain de cet événement qu'ils appellent ta mort.

Commencer

Je peux faire de la voile sans vent
Je peux ramer sans rame
Mais je ne peux pas quitter mon ami
Sans verser une larme.

Chanson des chemins
de Compostelle

Je ne sais pas où nous allons. Je ne me souviens plus. Je sais que nous roulons en direction de la piscine de Saint-Jean-de-Luz, celle aux toboggans, ce qui peut expliquer la présence de ma fille de onze ans à l'arrière de la voiture, avec la petite dernière dans le siège auto. À moins que l'on ne soit sur la route du lycée de Pierre, juste en face de la piscine.

Pierre est au milieu de ses sœurs, pour une fois il se tient tranquille. Il a seize ans. Il n'est pas retourné au lycée depuis trois mois. Si c'est là que nous allons, alors c'est la première fois depuis l'accident, et cela explique le silence.

Je conduis, ma femme est sur le siège passager. Tendue. Son téléphone sonne, elle décroche. Dès les premières secondes, je la vois qui blêmit. Elle répond par onomatopées.

— Arrête-toi, me dit-elle.

Il y a un champ qui longe la Nivelle. Je peux facilement garer la voiture. Elle se retourne vers Pierre.

— Descends. Viens avec moi.

Il me lance un coup d'œil : « Qu'est-ce qu'il lui prend encore ? »

Je reste dans la voiture. C'est le mois de février. Pierre est en tee-shirt malgré le froid. Il est grand, au moins un mètre quatre-vingt-dix. Bien plus grand que moi. C'est mon beau-fils. Par le pare-brise, je vois son corps se courber pour mieux écouter sa mère. Il a un moment de stupeur. Ma fille, à l'arrière, me pose une question à laquelle j'oublie de répondre. J'essaie de suivre la conversation sur leurs lèvres.

Le visage de Pierre est devenu aussi blanc que celui de sa mère. Il la regarde comme si elle avait dit une chose terrifiante. Comme si c'était sa faute. Puis il la quitte. S'en va seul au bout du champ qui descend vers le cours d'eau.

Elle reste dans cette position des gens qui luttent contre l'hiver, les mains plongées dans les poches de sa doudoune, les épaules en dedans, la tête baissée. Elle lutte un moment contre un adversaire qui n'est peut-être pas le froid.

Elle revient dans la voiture. Pas un mot. Elle est cloîtrée dans un mutisme que je connais bien, le point de départ des grandes disputes. *Allons bon, qu'est-ce que j'ai fait ?* Je n'ose pas demander. Elle met de la musique. Jette un coup d'œil pour s'assurer que notre fille aînée ne peut entendre, puis :

— Bélhazar est mort.

J'ai mis un peu de temps à comprendre. Reconnecter les souvenirs. Bélhazar, le fils de l'une de ses amies, l'un de mes anciens élèves, mais surtout l'ami de Pierre. Ils s'étaient rencontrés dans le collège où j'enseignais. Je les avais eus tous les deux dans ma classe, en cinquième, en latin. Bélhazar avait été renvoyé peu après, mais ils étaient restés amis, toujours fourrés ensemble, jusqu'à ce qu'il retourne en Bretagne. Ils étaient restés en contact. Pierre nous donnait de ses nouvelles.

Nous avons attendu en silence, dans la voiture, qu'il revienne. Je ne sais pas ce qu'il a fait tout ce temps. Personne ne lui a demandé. La grande s'est décalée au milieu, la place que personne n'aime, et lui s'est replié contre la vitre.

J'ai démarré, on a repris l'autoroute en direction de Bidart. On aurait pu rouler toute la nuit. Pierre et sa mère sanglotaient et reniflaient. Nos deux filles étaient protégées des coups du malheur par leur jeunesse. Moi, je conduisais. En réalité, j'essayais tant bien que mal de mener notre barque entre les récifs. Cela faisait déjà quelque temps que c'était difficile, le couple. Quelque temps que ça craquait de tous côtés. C'est peut-être pour cette raison que je n'ai rien ressenti à cet instant précis. Désolé d'écrire ça, Bélhazar, surtout maintenant que nous sommes si proches, mais je n'ai pas versé une larme. Je me suis dit simplement : *Encore une disparition, ça commence à faire beaucoup*. Parce qu'il y avait plus que mon couple qui battait de l'aile. Ta mort, Bélhazar, est venue nous frapper à un moment où nous étions tous en convalescence.

Comme la pluie tombait plus dru sur la vitre, Pierre a tourné le visage vers nous. Dans le rétroviseur, j'ai vu des larmes rouler de ses yeux bleus. Ça lui raclait le cœur comme un rocher la mer. Il lui fallait tenter d'avaler ça : Bélhazar était mort, la veille, dans la nuit. Surtout, il lui fallait essayer de comprendre pourquoi, en l'espace de trois mois, elle les avait frappés tous deux. Et pourquoi, lui, elle l'avait épargné.

Ton histoire, Bélhazar, du moins celle que je vais écrire, commence donc trois mois plus tôt. À l'instant précis où la mort a frôlé ma maison.

C'est le mois d'octobre. Pierre joue au foot devant son lycée, à Saint-Jean-de-Luz. Il est aux environs de 16 heures quand l'un des gamins rate son tir et que le ballon va se percher sur un auvent. Pierre y grimpe. Un moment passe. Il ne descend pas. Les joueurs s'impatientent. L'un d'eux court le chercher parce qu'il sait que Pierre est tout à fait capable d'avoir changé d'idée et d'être parti avec. Le gamin parvient sur le toit et il voit ce grand garçon, allongé, le visage violet. À partir de cet instant, c'est une course-poursuite entre la vie et la mort.

Qui va gagner ?

Dans les rangs de la mort, ce cœur qui s'emballe et soudain s'arrête. Pierre a seize ans à peine (il va les avoir sur son lit d'hôpital). Son pouls est monté d'un coup, au moment où il a fait l'effort de grimper sur le toit. Pourquoi ? Les cardiologues ne verront rien. Son cœur est parfait. Il buvait un Red Bull chaque matin.

Dans le camp de la vie, une chaîne de personnes qui ont associé leurs forces dans les minutes où tout se joue. Il y a ce copain qui détale dans les couloirs du lycée pour donner l'alerte. Il tombe sur l'adjoint du principal, ancien prof d'EPS, formé aux premiers secours, qui pratique un massage cardiaque et le bouche-à-bouche (il y avait du maïs à la cantine à midi, il n'en mangera plus jamais). Il y a ce père de famille qui passe par là, monte sur l'auvent, et prend la relève du massage. Il y a les secours, l'hélicoptère du Samu, où le cœur de Pierre fait une nouvelle embardée, et dont on le descend, puis le véhicule médicalisé jusqu'en réa, à Bayonne, où il est plongé dans un coma artificiel. L'amener jusque-là a demandé à une chaîne de gens ordinaires et de professionnels des urgences de s'unir dans un effort miraculeusement harmonieux. Ils l'ont maintenu en vie. C'est ainsi que les courses se gagnent.

Le coma a duré cinq jours. Les médecins lui donnaient cinq pour cent de chances de se réveiller sans séquelles. Quand il rouvre les yeux, il demande à voir sa petite amie. On ne sait pas comment la joindre, il donne son numéro, dont il se souvient. L'infirmière sourit.

Tandis que Pierre revient lentement à la vie, nous nous regardons, sa mère et moi, incapables de comprendre l'immensité du gouffre qui s'était ouvert sous nos pieds. Nous y avons repensé quelquefois. C'était une impression physique : le frôlement glacial d'une ombre. Si Pierre ne s'était pas réveillé, elle nous aurait enveloppés. Y aurait-il eu encore des rires ? Des fêtes ? Aurions-nous refait l'amour ? Oui, bien sûr, mais comment ? Cela aurait-il précipité notre séparation ou bien créé un ciment qui l'aurait empêchée ? Quelle dose de tristesse aurait troublé le reste de nos jours ?

Je ne pose pas ces questions pour moi, elles n'ont aucune utilité puisque Pierre est vivant, je les pose pour les parents de Bélhazar. Je vais les approcher, ils m'ouvriront leur cœur et leur mémoire. Pour comprendre l'étendue de leur peine, je n'aurai que le souvenir de cette ombre.

Pierre en sait un peu plus. Il a connu une mort subite récupérée, c'est-à-dire qu'il se souvient d'avoir visité l'autre côté, d'en avoir arpenté les bords, pendant des nuits sans début ni fin. Il décrit ce fameux tunnel, avec la lumière au bout. Il a vécu la mort. Il se dit forcément, à propos de son copain : Pourquoi lui et pas moi ? Et peut-être même qu'il se dit aussi : Je sais où il se trouve.

Trois mois ont suivi, trois mois de convalescence à panser les plaies, apaiser les traumatismes, trois mois à chercher une origine cardiaque qu'on ne trouvera jamais, un sens qui nous échappera toujours parce qu'il n'y en a tout simplement aucun. Devant la mort, il faut accepter la victoire comme la défaite. Comprendre que ce n'est, comme la naissance, que le résultat d'une course.

Il y a eu une deuxième annonce, plus officielle, le lendemain, au collège où je travaillais. Bélhazar en avait été exclu trois ans auparavant, un laps de temps suffisant pour estomper son souvenir dans les mémoires d'enseignants habitués au défilé des visages. Mais cette phrase lâchée par le directeur dans la salle des profs, « Bélhazar est mort », a été, pour tous, aussi concrète qu'une gifle.

La première sonnerie a retenti. Les élèves nous attendaient en rangs dans la cour, pensant déjà qu'une grève surprise allait les libérer. Nous attendions que quelqu'un brise la glace.

À la deuxième sonnerie, personne n'a eu la force de bouger. Puis, Guillemette, une prof de lettres proche de la retraite et connue pour son esprit libre, a lâché : « Moi, il me faisait peur. »

Personne n'a trouvé quelque chose à redire. Non pas que nous soyons d'accord, mais qu'elle ait eu peur de Bélhazar, cela pouvait se comprendre. Ses bottes, sa gabardine militaire, cet air de conspirer... Guillemette était née peu après l'Occupation et c'était un fait que Bélhazar ressemblait à un soldat. Ou à un espion. Il avait aussi l'allure d'un poète maudit, d'un pirate ou d'un contrebandier. Chacun puisait dans la liste selon son propre imaginaire. Nous avions tous en mémoire ses chemises impossibles, boutonnées jusqu'au cou, qu'il portait même en sport, ses devoirs tapés à la Remington sur de vieilles factures d'entreprise d'import-export de bananes, et les timbres et billets de banque de tous les pays qu'il vendait à la sauvette. Nous nous souvenions qu'il faisait rire ses camarades, surprenait par ses connaissances, qu'il avait de mauvaises notes.

Je le connaissais un peu mieux que mes collègues, car son amitié avec Pierre m'avait donné l'occasion de le croiser quelquefois à la maison. J'avais eu le temps de l'observer avant qu'ils ne sortent traîner dans les rues de Bidart ou près du lac de Mouriscot. Je les entendais parler d'armes et de fabrication de munitions. Cela ne m'inquiétait pas parce que c'est exactement ce à quoi, à leur âge, je passais des heures, dans le laboratoire de ma chambre : extraire la poudre grise des pétards, inventer des machines infernales, tout faire péter.

J'ai le souvenir de Bélhazar attendant Pierre dans l'entrée, avec sa gabardine en cuir, jamais assis, auréolé d'une force magnétique qui le protégeait des questions. On ne se sentait pas autorisé à lui dire : « Assieds-toi un instant et parlons. »

C'est ainsi que je l'ai connu, distant avec les grandes personnes, espiègle avec ses amis, indéchiffrable.

Je me souviens encore de son arrivée au Pays basque, au début de son année de cinquième. Quel âge avait-il ? Une douzaine d'années.

Le jour de la rentrée, le directeur attendait sous le préau que les élèves se regroupent pour son discours de bienvenue. Derrière le mur d'enceinte, on voyait les premiers contreforts des Pyrénées et, derrière les crêtes, des volutes de lumière parme. À l'heure indiquée sur la circulaire, il a demandé le silence. C'est alors que Bélhazar a fait son entrée.

Le jeune garçon a parcouru les trente mètres compris entre le portail et la masse attroupée au centre de la cour. Je revois sa mèche de cheveux noirs tombant sur un œil, façon Albator, et son sourire apaisé, comme s'il était porté par la certitude que l'humanité regorgeait de bienveillance. Mais celui qui sort du lot n'a pas beaucoup de bonté à attendre d'une cour de récréation. Tous les regards se sont tournés vers son pardessus noir qui offensait la douceur du matin, son pas lourd dans des bottes militaires fermées par une boucle de cuivre. À sa gorge, on pouvait voir le col d'une chemise boutonnée dont les carreaux jaunes, verts, violets semblaient jurer par défi. Des murmures commençaient à mousser au-dessus des têtes d'élèves. À cet instant, j'ai pensé : *Celui-là, habillé comme ça, il va à l'abattoir...*

Étrangement, l'envie de se moquer était contredite par un sentiment d'admiration pour ce petit bonhomme qui avançait à découvert, habillé à la façon que son cœur lui dictait, confiant, non pas en lui-même, ce qui est à la portée de n'importe quel petit cochon mal élevé, mais en les autres, ce qui est l'apanage des saints et des fous.

Une semaine après son arrivée, il était devenu, peut-être pas une idole, mais une sorte de totem. Une chose unique et sacrée. Comment avait-il réussi ce tour de force ? Je l'ai su bien plus tard. Une phrase prononcée le jour de ses obsèques, par l'un de ses copains : « Il nous donnait l'énergie d'être nous-mêmes. »

J'en avais fait l'expérience une fois, en cours de latin.

Ce jour-là, Bélhazar, qui d'ordinaire se contentait de suivre la leçon, a ouvert en grand un journal. Il l'a tenu devant ses yeux, et s'est plongé dans la lecture. Je faisais cours sur l'ablatif absolu. Je me représentais le latin comme un pont menaçant ruine, mais toujours tendu entre l'antique et le présent. Une passerelle à la racine des mots. Plus encore que le latin ou l'ablatif absolu, c'est moi que je trouvais important. Incontestable. Je recevais tellement d'admiration de la part de mes élèves que j'avais fini par considérer ça comme normal. Et voilà que celui-là ouvrait son journal ! Ce n'était pas la première fois qu'un gamin essayait de me déstabiliser. Ce qui me heurtait, dans son attitude, c'était sa façon de nier la doxa du collège, qui affirmait que j'étais un bon prof, un prof différent. J'aurais préféré mille fois qu'il triche, sèche un cours ou n'ait pas fait ses devoirs. Mais avec son attitude si ostensiblement désinvolte, c'est moi qu'il attaquait. Et il plongeait sa lame à une profondeur que je n'aurais jamais imaginée. Étais-je aussi vulnérable que ça ?

Je n'ai pas tout de suite réagi. J'ai fait comme si je ne voyais pas ce que tous les élèves regardaient du coin de l'œil. Je gagnais du temps. C'était ridicule. Je m'efforçais de savoir s'il souriait derrière son journal. Cette question devint cruciale. Un sourire eût été une circonstance aggravante. Mais il restait caché derrière son paravent de papier. J'essayais de reprendre le cours de ma leçon, de plus en plus isolé. Puis, n'en pouvant plus, je l'ai interpellé. J'ai dit des choses graves sur le respect et l'insolence. Il a continué à lire. Il n'y avait pas d'affrontement. Juste un refus ferme et presque respectueux. Et cela ajoutait à ma blessure d'orgueil. Enfin, il a refermé son journal. Il m'a souri avec cet air d'habiter un autre monde, beaucoup plus intense que le mien. Ses yeux brillaient comme deux perles noires.

Les choses en seraient peut-être restées là s'il n'y avait pas eu les autres. Ils connaissaient déjà leur Bélhazar. Ils savaient de quelles prouesses il était capable. Et ils me voyaient, moi, le maître des mots, aphone. J'ai pris son carnet de liaison, et j'ai senti monter un murmure de reproche. Il venait de mes latinistes en culottes courtes.

Je l'ai exclu du cours et, comme si cela ne suffisait pas, j'ai écrit, dans la rubrique réservée à la correspondance avec les parents, qu'il serait souhaitable que Bélhazar ne revienne plus en latin. J'avais gravé mon échec dans le marbre.

Le cours est allé jusqu'à sa fin, sans lui. Restait le journal, posé sur la table. J'ai jeté un œil dessus après la sonnerie, c'était un périodique de ventes aux enchères. Une feuille de chou que je n'avais jamais vue auparavant, sorte de *PAP* ou de *Chasseur français*. Il était composé d'une rubrique de petites annonces pour les fanatiques de la Grande Guerre et les mordus de surplus militaires : jumelles de combat, pistolets d'ordonnance, médailles ou masques à gaz, mais aussi machines, pièces de rechange pour Renault des Années folles, postes à galène, timbres rares. J'ai glissé le journal dans mon sac, meurtri que mon adversaire soit, lui aussi, passionné d'histoire.

Le jour même, j'ai rangé cette scène dans mon tiroir mental dédié aux choses qui arrivent. *Ce n'est ni le premier ni le dernier à se faire renvoyer d'un cours... Il l'a bien cherché...* Il est facile de négocier avec l'échec. Il suffit d'avancer d'un pas, et la succession des causes et des conséquences étouffe le feu qui prend dans votre conscience. Cela s'appelle passer à autre chose. J'étais passé à autre chose. Bélhazar était un échec, j'allais l'oublier. Mais voilà qu'il revenait me tirer par la manche.

Les obsèques ont lieu en Bretagne. Nous trouvons des raisons de ne pas y aller : Cela se passe un vendredi. Il faut faire sept cents kilomètres. Notre dernière fille est trop petite. Mais pendant les jours qui suivent, Armelle, sa mère, et ma femme se parlent au téléphone. Les informations que cette dernière me donne sont difficiles à comprendre :

— C'est à cause d'un contrôle de police qui a mal tourné.

— Une bavure ?

— Oui. Mais les gendarmes et la presse parlent d'un suicide.

— Quoi ? Mais c'est n'importe quoi ! Pourquoi il se serait suicidé ?

— Il ne s'est pas suicidé.

— Alors qu'est-ce qui s'est passé ?

— On ne sait pas.

— Comment ça, on ne sait pas ? Tu te rends compte ? Ce n'est pas possible de ne pas savoir.

— Oui. Mais on ne sait pas. Armelle ne peut pas m'en dire plus.

— On finit toujours par savoir, dis-je en forme de conclusion.

Ce qui est totalement faux. La plus grande partie des choses, on ne l'apprendra jamais.

Dans le courant de l'année, Armelle, la mère de Bélhazar, fait des allers et retours à Bidart, où elle a gardé son appartement. Chaque fois, elle descend avec son ex-mari, le père de Bélhazar, Yann.

Nous les recevons à dîner à chacun de leurs passages au Pays basque. Armelle essaie de parler d'autre chose, de nous par exemple, de nos trois enfants. On voudrait lui dire que ce n'est pas la peine, qu'elle n'a pas besoin de s'occuper de nous dans sa situation, mais bien sûr on ne le lui dit pas, alors on évoque notre vie de famille. Sans entrer dans les détails. Elle écoute, elle sourit.

— Et Pierre, comment va-t-il ?

— Ça va. Il n'est pas là ce soir, c'est dommage.

En réalité, Pierre est trop gêné pour la rencontrer. En fin de soirée, il arrive qu'il rentre un peu trop tôt et tombe sur eux. Quand il les salue, on le sent mal à l'aise. On dirait que Bélhazar et lui ont fait la même guerre, et qu'il est le seul à en être revenu. Il ne reste pas.

Le vin emporte vite les bonnes manières d'Armelle. Elle se laisse prendre par la colère qui brûle en elle. Elle reprend le récit de la nuit tragique. Elle pointe les incohérences. Il y en a partout. Le rouleau compresseur de la Justice. Insupportable. La guerre qu'elle mènera jusqu'au bout. Elle y revient sans cesse et personne ne peut l'en empêcher. Qui oserait ? Elle est dans un autre monde : avec nous à table, mais séparée de nous par un mur de flammes.

Yann intervient peu. C'est un type au tempérament jovial, même en cette circonstance. Pas très grand, le sourire aux lèvres, l'œil brillant, rond de corps et de caractère, un être peu tenté par le tragique de l'existence. Il attend que la colère d'Armelle s'apaise. Au bout de la table, il me prend à part. Il me raconte ses histoires de voyages. Il en a avec les Tontons Macoutes et d'autres en plein cœur de l'Afrique noire. Ma femme n'aime pas trop ça. Elle y voit du nombrilisme. J'y vois de la pudeur. Yann est un type à l'ancienne : un invité se doit d'être content. Alors il sort de sa mémoire de belles anecdotes comme on offre des cadeaux aux enfants. Parfois, cela sent un peu l'invention, mais ce n'est pas très grave. J'aime bien les gens qui racontent des histoires.

Après leur départ, nous évoquons ce couple qui n'en est plus un, mais qui voyage ensemble. Ce sont des choses qui nous interpellent parce que cela ne va pas très fort de notre côté. Que laisse-t-on sur la table au moment de partir ? Comment la vie continue-t-elle, après la séparation ? Yann me dira cent fois que leur union a volé en éclats le jour où la maison de famille a été vendue. Je veux bien le croire. On sous-estime le poids des choses matérielles. On pense pouvoir changer d'habitation comme de chaussettes, mais nous sommes des lieux, bien plus que des instants. Ce qui reste d'un couple, c'est la maison de vacances avec la treille et le tilleul, c'est le vieux lit qui grince à l'étage et la chambre en toile de Jouy, dont on fermait les fenêtres pour se retrouver. Le vrai divorce, c'est avec les objets.

Armelle et Yann auraient voulu oublier leur passé douloureux, mais la mort de leur fils est venue ressouder ce lien qu'il leur restait : leur complicité, une harmonie qui n'a rien à voir avec l'amour. Le simple fait de se connaître bien, et d'être trop fatigués pour renaître avec quelqu'un d'autre.

Pendant ces dîners, nous ne pouvons qu'observer ce couple miroir, qui franchit l'Achéron et nous parle de l'après. Pourquoi viennent-ils toujours ensemble à Bidart ? Yann n'a aucune envie de quitter la Bretagne. Il déteste le Pays basque, qu'il accuse de lui avoir pris Bélhazar. Il devrait refuser de faire la route, mais il a besoin de conduire. Armelle, qui est l'indépendance même, pourrait choisir le train, car elle ne veut plus prendre le volant sur de grandes distances. Mais chaque fois elle demande que Yann l'emmène. De Saint-Brieuc à Bidart et même jusqu'à Marseille, où vit la sœur d'Armelle, ils passent des heures à parler ou à se taire, dans un habitacle de voiture qui devient le sas de décompression de deux solitudes, séparées de colère. Est-ce un baume que sécrète la route ?

Ils refont le chemin, plusieurs fois par mois, comme pour retrouver quelque chose qu'ils auraient perdu. Ils ont en commun la vie d'un enfant, qu'ils tiennent dans leurs mains, tout entière, comme la braise d'un feu qui s'éteint. Du premier tour de roue jusqu'au dernier café, ils voyagent avec un mort qu'ils posent sur la plage arrière. Leur secret, que tout le monde connaît et que personne ne veut partager. Une boule dans le ventre qui ne peut pas passer, qui vient se loger dans la gorge. Un sanglot pour la vie entière.

Que font des ex, quand ils se rencontrent ? Ils parlent de leur enfant. Que font des ex qui ont perdu leur enfant ? Ils le font revivre, et pour ça ils doivent s'isoler dans un endroit discret. Un endroit neutre et infini, sans rien pour déranger leur débat silencieux. Un lieu comme ça, il n'en existe qu'un seul : l'autoroute.

Ça fait râler Yann, bien sûr, lui qui refuse de les prendre, ces conneries d'autoroutes et leur racket institutionnalisé. Il connaît le réseau secondaire par cœur. Avec Bélhazar, ils ont pris toutes les départementales de France. « Jamais de péages, jamais de grandes villes, et le soir à l'auberge du Chat-qui-pêche... »

Armelle a déjà entendu mille fois la rengaine de Yann. Mais la décision, c'est elle qui la prend.

Ce sera l'autoroute. La grande ligne droite qui s'étire vers l'horizon. L'endroit du monde où les pensées sont le moins retenues, parce qu'il n'y a personne pour les entendre. Où les maisons sont vides le long des bas-côtés et les routiers parlent une langue étrangère.

Quand ils roulent, ils ne s'engueulent jamais. Que font-ils ? Ils regardent le film sur l'écran du pare-brise. Toujours le même. Débute-t-il par cette nuit d'orage dans les Dolomites, par cette lanterne qui indiquait la présence d'un lupanar et les prémices d'un avènement ?

C'est un film triste et beau qui défile, sous la pluie que balaient les essuie-glaces.

Une cavale au ralenti qui les ramènera en prison. Mais pour le temps que dure cette fuite, ils ont l'impression de flotter entre deux mondes. Et leur douleur, anesthésiée, se tait.

Oui, il y a un baume dans la langueur du voyage qui éteint la guerre conjugale. Une sorte de paix. C'est pour cela qu'on voit passer en voiture ces couples de gens qui ne s'aiment plus, mais sont toujours ensemble, parce que la vie leur a fait tellement de mal qu'elle les a réunis.

J'étais fermé. Ma mère, qui avait à peine passé soixante ans, venait de disparaître. Tapi au fond de ma colère, j'écrivais un conte sylvestre pour que tout le monde m'entende. Je n'avais pas de place pour toi. Il me faudra du temps, et que les Parques me tirent par l'oreille. Elles attendront que j'aie terminé ce livre et le suivant, sur la disparition de mon ami d'enfance.

Cette trilogie autour du même thème forme un cycle de la Mort. Je vais l'achever avec toi.

Les Parques, disais-je.

J'avais une élève, Dana. Pas n'importe laquelle. Brillante, lumineuse, très malade. Six mois plus tôt, j'étais avec elle et un groupe de lycéens sur les chemins de Compostelle. Les huit heures de marche quotidiennes, elle les avalait en chantant. Il lui arrivait de porter le sac d'un autre, perclus d'ampoules. Chemin faisant, elle me racontait ses randonnées chez les scouts, les marches forcées qu'elle s'imposait, et comme elle aimait, en montagne, manquer d'eau, de nourriture, ne plus se laver, perdre son chemin mais jamais la foi. Elle me disait aussi comme la danse classique l'avait initiée à la souffrance et à la grâce. Je revois son sourire constellé, et j'entends les confidences qu'elle me faisait, en chemin, sur la maladie qui la rongeait.

Un jour, la nouvelle de sa disparition est arrivée au lycée. Un mélange d'information officielle et de foudroiement. J'ai pensé que Dana, qui avait plus de caractère que la mort, avait arrêté de se battre, comme on fait une pause sur le bord du Chemin pour reprendre son souffle. Et qu'elle n'était pas repartie. J'avais déjà perdu des élèves, dont Bélhazar, mais le décès de Dana m'a réveillé. Cette fois, on avait tiré à bout portant sur la vie elle-même.

Je me suis rendu à ses obsèques, dans les Landes. Pétrifié par le froid, au fond de l'église, j'entendais peu les paroles du prêtre et les discours des proches. De retour chez moi, assis à mon bureau, c'est à Bélhazar que j'ai pensé. Et à ma peur de me saisir de son histoire. Il y avait, dans les événements tragiques qui suivaient sa mort, la marque d'une malédiction. J'avais peur d'en faire partie. C'était, plus que la disparition de ma mère, la vraie raison de mon refus d'écrire. Jusqu'à ce que Dana vienne me chercher, dans son cercueil caché par la grande photo sur laquelle elle souriait si fort. Mes peurs ne se sont pas envolées. Mais j'avais dès lors, pour me guider, la plus intrépide des combattantes.

Sur la première page, j'ai écrit le déroulé des faits, comme pour l'exorciser. Le voilà :

J'avais un élève qui portait le prénom étrange de Bélhazar. Un soir, il rentre chez lui, à Dinan, en Bretagne. Nous sommes le 13 février 2013. Il vient d'échapper, avec deux de ses copains, à une bagarre contre une bande de jeunes types bourrés. Vers minuit, en bas de son immeuble, ils sont contrôlés par trois gendarmes. Dix minutes plus tard, Bélhazar se prend une balle dans la tête. Elle provient de sa propre arme. C'est lui qui a tiré. Mais ce n'est pas un suicide.

Dans les semaines qui suivent, Olivier Metzner, le grand pénaliste, s'empare de l'affaire. Il est un ami de la famille. Un mois plus tard, on retrouve son cadavre qui flotte dans les eaux du golfe du Morbihan. Cette fois, c'est un suicide.

La même année, l'un des deux garçons qui étaient avec Bélhazar est interné en hôpital psychiatrique. L'autre, parti plus tôt dans la soirée, est inculpé pour trafic d'armes et se voit frappé d'une lourde amende. Il se mure dans le silence. Entre-temps, l'un des trois gendarmes se pend.

On croit à la fin de l'histoire, mais deux ans après la mort de Bélhazar le dossier aboutit dans les mains d'un jeune avocat. Ce dernier relance la plainte où l'avait laissée Metzner et arrache une reconstitution. Elle a lieu au début du mois de novembre 2015.

Quinze jours plus tard, il est tué au *Bataclan*.

Un non-lieu est prononcé.

Cette fois, c'est la fin de l'histoire.

Jusqu'à ce que Dana vienne me parler de courage, et qu'elle me dise : « Si tu ne peux rien contre le scandale de notre mort, au moins, dis-nous ce qu'il était. »

Il me fallait l'accord de tes parents. Je leur écrivais un mail, en forme de note d'intention. Je n'avais pas le moindre doute. Ils allaient accepter.

« Ce n'est pas sa mort qui m'intéresse, c'est sa vie. Par sa vitalité, Bélhazar peut encore projeter la lumière sur les existences des enfants trop grands, trop profonds, trop beaux. Ceux que l'on trouve enfermés dans les petites cases de l'éducation, dans les voies de garage de la vie active. »

Un peu lyrique, c'est sûr. Je voyais encore ça avec mes yeux de prof coupable d'être passé à côté d'un gamin brillant. S'il faut une raison pour se lancer dans l'écriture d'un livre, la mienne était de me faire pardonner. C'était un mauvais départ.

Tes parents ont accepté.

Chez moi, la décision a été très mal accueillie. Cette histoire faisait peur à ma femme, qui avait déjà trop souffert de l'accident de son fils.

Il y avait autre chose : l'odeur sulfureuse de la malédiction. Trop de morts violentes. Pas envie de trouver son nom sur la liste. Je peux comprendre. Cette crainte, je vais la sentir flotter chaque fois que je déroulerai ton récit devant un auditoire. Chaque fois, on me dira, ou on aura envie de me dire : « Tu es bien sûr de vouloir faire ça ? »

Nous nous sommes mis d'accord, elle et moi, pour ne plus en parler. Ça m'allait bien, parce que je n'avais qu'une idée très vague du chemin à prendre. Et je me doutais que, là où j'allais, je serais mieux tout seul.

Par où commencer ? Par une enquête contre la gendarmerie, c'est-à-dire l'Armée, ou contre le représentant de la Justice, le procureur ? J'ai, à ce moment, pour toute expérience journalistique, quelques piges dans la presse sportive. Je n'ai jamais aimé poser des questions. Je dois interroger tes parents accablés, moi qui suis toujours resté muet au moment de présenter mes condoléances. Ai-je simplement les qualités pour cette enquête ? Est-ce une enquête ? Ou bien est-ce une histoire ? Ce n'est pas tout à fait la même chose.

Je n'ai aucun goût pour les faits-divers et la recherche de la vérité. J'aime la compagnie des animaux et l'observation chamanique de la nature. J'apprécie l'artisanat poétique, qui prend du temps et produit de l'harmonie. Je n'ai rien contre les illusions. J'aime les histoires.

Été 2018. Je me mets à la tâche. J'essaie des débuts de récits, mais rien ne vient. Je suis sec. Je commence d'autres histoires. La tienne me fuit à mesure que je l'approche. J'ai pensé, dans les premiers temps, que le travail d'écriture allait être simple, que je n'aurais qu'à fermer les portes de mon bureau, m'atteler à la tâche et faire jaillir la lumière sur la mort d'un enfant. Mais en moi, il y a un frein. Peut-être la prémonition des transformations que le livre induira dans ma vie ?

Que sais-je de toi à ce moment ? Presque rien. La succession des faits qui ont mené à ta mort. La théorie tragique des avocats. Ce que je commence à appeler l'« effet Toutankhamon ». Doit-on mourir pour porter ta parole ? Pour l'heure, je cherche le début de cette aventure qui me fuit. Et je me demande : *Pourquoi suis-je en train de faire ça ?* Mais il faut bien que l'on avance sans réfléchir, pour accomplir les choses que l'on n'avait pas prévues. Des semaines, peut-être des mois, je ne me souviens plus, se passent dans cet état d'impuissance. Il se peut que j'aie pensé à fuir. Parce que, au fond, je ne veux pas l'écrire, cette histoire. Je fais semblant. Elle m'attend au détour d'une insomnie, prend de multiples visages pour s'adresser à moi. Je sais bien ce qu'elle veut. Elle me demande de devenir celui dont je rêve depuis l'adolescence, et qui tarde à éclore, un écrivain, pas un gars qui fait ça en dilettante. Elle exige beaucoup. De moi comme des autres.

Avec le recul, maintenant que je suis allé au bout, je peux dire que ton histoire a fait le tri des personnes qui s'en sont occupées. Elle nous a choisis selon des critères qui m'échappent, pour la plupart. Et elle l'a fait sans faiblesse. Mais elle a regroupé autour d'elle les bonnes personnes, comme toi, à ta façon, tu avais choisi tes parents. Elle nous a donné cette force qui nous manquait, alors que nous restions enfermés dans nos peurs. Et quand nous avons accepté d'ouvrir les yeux, c'étaient des soleils que nous regardions.

Le père de Bélhazar vit à Saint-Brieuc, avec ses deux sœurs. J'irai bientôt. Mais c'est par sa mère que je dois commencer. Armelle est celle qui mène le combat. Celle qui a tenu à jour les dossiers, qui a décrit chaque journée des deux années ayant suivi sa mort. Celle qui m'impressionne et que j'aimerais éviter.

« Appelle-moi quand tu seras prêt », m'a-t-elle dit.

Je ne suis pas prêt, et je risque de ne pas l'être avant longtemps, mais je vais l'appeler. Avec Armelle, je ne sais pas trop comment m'y prendre, car entre elle et moi, les choses avaient très mal commencé.

La première fois que je l'ai rencontrée, c'était au collège, dans la petite pièce aveugle destinée aux rendez-vous parents-professeurs. Je l'ai vue traverser le grand hall de l'accueil, silhouette longue, comme enroulée sur elle-même, robe grise, épaisse chevelure brune et regard supérieur. De l'élégance, un je-ne-sais-quoi de masculin dans le visage – peut-être le menton un peu trop carré ou bien ces pommettes hautes de boxeur.

Avant de s'asseoir en face de moi, elle a esquissé un sourire de politesse qui lui permettait de ne pas avoir à me serrer la main. J'ai commencé. Au collège, c'est peu dire que Bélhazar rencontrait des difficultés. Rien n'allait. La plupart du temps, il ne rendait pas ses devoirs et, quand il le faisait, c'étaient des bafouilles incompréhensibles tapées à la machine, sur un vieux modèle, à l'encre bleue délavée. Beaucoup de professeurs pensaient qu'il se foutait du monde. Ils prenaient ses originalités pour des attaques personnelles. Et puis, quand ça lui chantait, il avait un éclair.

Une fois, il devait faire un exposé sur Christophe Colomb. Nous travaillions sur « Les Conquérants » de José-Maria de Heredia, et il m'avait proposé, pour ses petits camarades, un éclairage historique.

Il s'est approché du tableau, un carton de déménagement sous le bras, l'a posé sur le bureau. Il était vide. Mais en regardant de plus près, il avait la forme d'un poste de télévision. Il s'est mis à genoux, a passé la tête à l'intérieur et toute la classe s'est retrouvée devant Arte. Très peu de ses copains avaient entendu parler de cette chaîne.

— Tout commence quand Colomb découvre, dans le port de l'île de Madère, d'étranges sculptures en bois que les marins ont repêchées en haute mer. D'où viennent-elles ? Impossible de le savoir, tout comme ces pommes de pin que les courants d'ouest apportent sur la plage...

Dès ce préambule, les élèves sont suspendus à ses lèvres. Bélhazar a aussi fabriqué une petite caravelle en carton, dont il a peint la grand-voile aux couleurs du roi d'Espagne. Elle vogue sous leurs yeux. La *Santa Maria*, explique-t-il, est une nef, bien plus grosse que ça. La classe embarque dessus. Il leur détaille les habits d'époque, les affres d'un voyage transatlantique, les maladies, les bagarres entre marins basques et andalous, les mutineries, les règles implacables de la marine. Les armes embarquées ont droit à un chapitre, bien sûr. L'arquebuse et le pistolet à silex notamment, dont il a dessiné un modèle sur feuille Canson. Quand la *Santa Maria* arrive au large des Caraïbes, Bélhazar saute sur la terre ferme et leur fait découvrir la Guadeloupe. Ce sont alors ces côtes paradisiaques qui furent sous les yeux des marins hagards, les fruits savoureux, les plantes nouvelles. Le maïs et l'ananas. Le condiment que les Basques de l'équipage de Colomb rapporteront et qui donnera naissance au piment d'Espelette. Il décrit le crabe violoniste et le crabe de terre, et puis le gros mantou qui se cache dans les mangroves. Il dit aussi les fleurs rares qui ensorcelèrent les premiers arrivants. Et tous ses camarades commencent par comprendre que ce n'est pas l'or qui a d'abord fasciné les Espagnols, mais les plantes, les fruits, la chair du palétuvier, le hâle mordoré de la peau des femmes. Et la fleur du bananier, que Bélhazar invite à manger au dessert.

À la fin de son exposé, Bélhazar ajoute une conclusion très personnelle.

Il sort la tête de son carton-téléviseur.

— On nous a dit que Christophe Colomb avait découvert l'Amérique, eh bien c'est faux !

Il faut avoir à l'esprit que le public a douze ans en moyenne et un intérêt très relatif pour l'histoire. Ils sont donc abasourdis par la nouvelle. Bélhazar poursuit :

— Faux, parce que les Vikings ont accosté sur les côtes du Labrador plusieurs siècles plus tôt, grâce aux drakkars d'Erik le Rouge ; faux, car Christophe Colomb n'a jamais compris qu'il avait posé le pied sur un continent ; faux, surtout, car qui peut dire en entrant chez vous qu'il a découvert votre maison, et y planter son drapeau ?

Frisson dans les rangs. Bouches bées. Un temps d'hésitation, puis des applaudissements fournis. Bélhazar est tout à son succès. Comme s'il avait gagné quelque partie secrète. Comme si ce petit bonhomme venait de montrer à ses copains le chemin de l'école savante et buissonnière.

Un instant plus tard, un doigt se lève. La meilleure élève. Blonde, yeux bleus, cheveux tirés en arrière. Infaillible. Le genre future-chirurgienne-qui-ne-vous-passe-rien. Une obsédée du détail qui cloche. Elle m'interroge :

— C'est vrai, monsieur, que Christophe Colomb n'a jamais découvert l'Amérique ?

Les anecdotes comme celle-ci sont nombreuses. Elles faisaient la fierté de ses parents et le bonheur de ses coreligionnaires. Mais il en résultait beaucoup de souffrances. Dans les faits, Bélhazar posait cette équation insoluble de faire entrer l'imaginaire d'un enfant dans les critères de l'Éducation nationale. C'est impossible. J'en étais conscient, et Armelle aussi. Je savais qu'il était intelligent, et qu'à l'aune d'une classe de cinquième, il pouvait passer pour un érudit, mais aussi qu'au fil des années son échec scolaire serait plus patent. L'École vous fait payer votre avance plus cher encore que votre retard.

De mon côté, je n'avais rien à proposer, hormis les sempiternels conseils pédagogiques qu'on dispense sans y croire. Armelle restait muette et ne cherchait pas à dissimuler son ennui. Elle était venue me faire passer le message que je ne servais à rien, que l'École était trop petite pour Bélhazar, que je n'avais aucune chance de comprendre son fils. Pour elle, rien ne marcherait. Pas avec lui. Moi, je pensais : *Bien sûr que si, avec du travail, ma méthode fonctionne. Il n'y a pas de raisons.*

Alors que si, il y en avait.

Notre dernier rendez-vous a été mémorable.

C'était vers la fin de l'année. Armelle portait une robe de couleurs vives qui se prenait dans ses jambes et une grosse fleur dans la chevelure. Elle tranchait avec les autres mères d'élèves, qui ressemblaient, au mieux, à des Barbie de quarante ans. Je me suis fait la remarque qu'elle était bien en cela la mère de son fils. Il faisait beau. C'était de bon augure.

Le dernier conseil de classe approchait. Elle a commencé à parler d'un ton ferme, comme si elle avait déjà acté sa victoire. Elle a déballé sur la table des bulletins et des devoirs de son fils. Chiffres à l'appui, elle voulait me montrer à quel point j'avais été incapable d'obtenir le moindre progrès chez Bélhazar. Les aides pédagogiques que j'avais mises en place n'avaient produit aucun effet. Je me défendais mollement, quoique persuadé de mon bon droit. Je savais que les hauts potentiels ne réussissent pas toujours. À l'époque, on les appelait encore les « surdoués ». C'était n'importe quoi. Que pouvais-je faire ? Un examen pour lui tout seul ? Je veux bien qu'il ait été intelligent, mais qui l'empêchait d'utiliser ses capacités ? Il était original ? Parfait ! Ils voudraient tous être des génies, des Rimbaud. Mais Rimbaud, à douze ans, écrivait en grec. Qu'est-ce que c'est que cette intelligence qui n'est que potentielle, qui n'est qu'un chiffre de QI à la suite d'un graphique, et que l'on ne voit s'exprimer nulle part ? Cela aurait été tellement plus simple que Bélhazar accepte, une fois au moins, de jouer le jeu. Cela aurait été tellement plus simple qu'il se décide à entrer dans mes cases.

Elle a poursuivi son exposé sur les qualités de son fils et l'échec de l'École. La fin du rendez-vous approchait. Il me fallait conclure. Je ne voulais pas m'en tirer avec les reproches habituels sur l'attention en classe ou le manque de travail personnel. Alors, c'est venu tout seul :

— Sortez-le du système.

Elle a levé son regard des notes qu'elle avait dispersées sur la table. Incrédule, attentive. Enfin.

— Comment ?...

— Tout ce que vous dites revient à critiquer le système, à montrer à quel point il n'est pas fait pour Bélhazar. Eh bien, ne restez pas au milieu du gué, sortez-le de là.

Je n'ai rien ajouté parce que je ne comprenais pas moi-même où je voulais en venir. C'était la première fois qu'elle ne me répondait pas par un refus.

Je l'ai accompagnée jusqu'à la porte de l'établissement. Nous nous sommes serré la main.

À ce moment-là, un collègue est passé et il m'a lancé un regard complice. Puis, comme nous allions tous les deux en direction de la cantine, il a soupiré :

— Encore une emmerdeuse...

Je n'ai rien dit sur le moment. J'aurais dû rire ou répondre quelque chose comme : « Oh oui, encore une qui prend son fils pour un génie... » Mais au lieu de ça, j'ai pensé : *Les emmerdeuses sont souvent de très bonnes mères.*

J'ai déjeuné tout seul.

Après la mort de Bélhazar, quand je revoyais Armelle à Bidart, elle faisait comme si ces rendez-vous n'avaient été que des algarades sans importance, petites pièces de théâtre dans lesquelles nous avions tenu notre rôle. Mais c'était vers elle que je devais me tourner, à présent. Quel accueil me ferait-elle ? Longue femme noire, hautaine et autoritaire, ou bien îlienne en fleurs ? En réalité, ces femmes-là avaient disparu. La Armelle que je rencontrai était une lionne blessée. À la fois touchante et dangereuse. Elle se montrait souriante, avenante même, mais au fond de son regard, c'était du feu. On se doutait que s'il vous venait l'envie de la prendre en pitié, elle lancerait un coup de griffe. Sa voix descendait dans les basses puis, quand vous ne l'écoutiez plus ou pas assez, elle se faisait fouet en cuir autour de la gorge. Un rire en sortait, mais ce n'était plus un rire. C'était l'écho lointain d'une tombe.

Je n'ai qu'une certitude : le livre s'appellera *Bélhazar*.

Quel nom étrange. Tu t'appelais en réalité Antoine-Bélhazar Jaouen. Tu refusais qu'on t'appelle Antoine. Tes amis te nommaient « Béla », ou « Bélaz' ».

Tes parents t'avaient donné pour prénom *Antoine*. J'aime bien Antoine. Puis, pour remercier les dieux, la Nature ou je ne sais trop quoi, ils avaient ajouté, en forme d'ex-voto, un deuxième prénom. Ils l'avaient forgé comme une médaille de baptême agnostique ou l'épée d'un très jeune académicien. Un nom pour remercier le *bel hasard* qui t'avait fait naître. Une façon discrète de dédommager le Destin qui t'avait laissé vivre. C'était là, caché derrière Antoine. Ta part d'ombre.

À quel moment as-tu décidé d'inverser l'ordre de tes prénoms ? *Bélhazar* a commencé à prendre la lumière. J'imagine que tu as dû l'essayer, comme un déguisement retrouvé au fond d'un grenier. Et il t'allait. Une fois enfilé, tu ne l'as plus quitté. Tu as donné vie à cette chose étrange, qui n'était qu'une invention de tes parents, et qui est devenue la marque la plus incontestable de ce qu'il reste de toi. Ton nom.

J'ai parlé de *rendre grâce au Destin*. Peut-être faut-il commencer par-là ? Que s'est-il passé au commencement ? Tes parents m'ont raconté ta naissance. La voilà.

Tu as été conçu en Italie, alors qu'ils voyageaient dans les Dolomites. Ils roulaient depuis le début de la journée et un orage a éclaté juste au-dessus de leur tête. Ils n'avaient aucune idée de l'endroit où ils se trouvaient. La pluie aveuglait le pare-brise et le Guide bleu n'indiquait aucun refuge pour touristes à des kilomètres à la ronde. Ils s'étaient résolus à dormir dans la voiture, sur le bas-côté, quand ton père a aperçu quelque chose. Une lumière rouge, au loin, comme une lanterne agitée par le vent. Ils se sont approchés.

En arrivant, ils sont tombés sur une bâtisse qui avait dû être une auberge, restée là, perdue dans les montagnes, dans un état de semi-abandon. Mais il y avait encore un semblant d'activité à l'intérieur. Ils sont entrés. Le propriétaire des lieux avait un drôle de genre, un peu voyou, de grosses bagues aux doigts. Il a pris leur valise et les a conduits à l'étage. Les murs de la seule chambre dont il disposait étaient tendus de velours rouge. C'était un ancien bordel.

Sais-tu que ta mère ne devait pas avoir d'enfant ? Le gynéco lui avait dit que c'était impossible, qu'il ne fallait plus espérer. Tes parents s'étaient faits à l'idée de vivre à deux.

Le lendemain matin, ils ont quitté l'auberge sous la même tempête. Le patron avait disparu. Avant de monter dans la voiture, Armelle s'est rendu compte qu'elle avait oublié quelque chose. Une poterie peinte qui n'avait quasiment rien coûté, mais ça l'énervait de la laisser derrière. Elle est revenue sur ses pas, l'a cherchée partout. Aucune raison qu'elle ait disparu puisqu'ils n'étaient pas sortis de la chambre. Et puis, d'un coup, la voilà, sous son nez. Elle représentait une scène pastorale en montagne, avec des lapins blancs. Tout cela a pris une quinzaine de minutes.

Dans la voiture, en l'attendant, Yann râlait. Comme tous les hommes qui aiment conduire, il voulait partir à l'heure. Quelle heure ? Ils n'étaient pas pressés. Aucun rendez-vous ne les attendait.

Les autoroutes italiennes étaient excellentes. Avec sa Mercedes, ton père aurait pu rouler sans s'arrêter jusqu'à Paris. Quelques kilomètres plus tard, ils ont été stoppés par un bouchon. Il y avait les gyrophares de la sécurité routière, les *carabinieri*, les pompiers. Un gigantesque accident venait d'avoir lieu, juste devant eux. Un amas de tôles indescriptible. On en extrayait des corps, qu'on enveloppait dans des couvertures de survie. Le carambolage s'était déroulé à peine dix minutes plus tôt. Armelle et Yann se sont regardés. Ils ont eu le même frisson en repensant à cette poterie qui les avait mis en retard.

Tes parents ont ensuite pris une route de campagne pour contourner le bouchon. La pluie redoublait d'intensité. Quelques kilomètres plus loin, l'un des essuie-glaces, celui du conducteur, est tombé en panne. Cette fois, Yann n'y voyait plus rien. Soudain, il a pilé. La voiture est partie en aquaplaning. Je connais cette sensation : une longue glissade pendant laquelle le temps ralentit. Un mélange de peur et de tranquillité. Devant eux, il y avait un camion qui transportait un chargement de parpaings. La voiture a continué de glisser. Yann, par des coups de volant, la maintenait sur la route. Ce n'était pas la meilleure chose à faire. L'arrière du camion se rapprochait. Armelle comprenait qu'ils allaient s'encastrer dans ce mur de béton. Le destin, qui n'avait pas voulu d'eux quelques minutes plus tôt, avait pris sa décision. Elle a fermé les yeux et elle a senti que la voiture se mettait en travers, de son côté. Elle n'avait plus qu'à attendre l'impact.

La voiture s'est arrêtée à cinq centimètres à peine. Portière coincée par la plaque d'immatriculation du camion. À cet instant, tes parents, chacun de leur côté, ont commencé à penser que la mort leur tournait autour. Comme si une force voulait les détruire et une autre les protéger. Un duel ?

Le reste du trajet s'est passé sans problèmes. Neuf mois plus tard, tu es né.

Un miracle.

J'aime cette histoire, mais elle me semble un peu trop bien ficelée. Elle sent le romanesque chantourné. Le style de la vraie vie produit davantage de heurts. La nature crée par le hoquet. Nous autres, humains, sommes en quête de perfection, de ligne claire, mais le style de la vie, c'est de réaliser des chefs-d'œuvre en procédant par maladresses.

Qui est l'auteur du récit de ta naissance miraculeuse, Bélhazar ? Faut-il croire tout ce que tes parents racontent ?

D'un côté, j'imagine leur peine et le besoin de repeindre en couleurs vives les dix-huit années de ton existence. N'est-ce pas naturel qu'ils te brodent un grand destin ? Dans ma carrière de prof, j'ai remarqué que les parents d'enfants à haut potentiel ont tendance à les placer au-dessus du système, hors des radars de l'intelligence. Une fuite par le haut. Quelquefois, ils touchent au mystique : « Mon fils est nul en grammaire car c'est un prophète. »

Qui serait assez rustre pour leur dire que ces histoires-là ne sont que des fables ? À présent que tu es mort, qui s'intéresse à la vérité ? Moi.

Voilà ce que je sais : tu ne devais pas naître et tu es né. Ta naissance a-t-elle fâché quelque dieu ? Je sais aussi que tes parents m'ont chacun raconté la même version, à quelques variantes près. Je ne crois pas qu'ils aient arrangé l'histoire. Si je n'y reconnais pas le *style de la vie*, c'est peut-être que je m'attends à quelque chose de plus ordinaire, de plus réaliste, et que je ne suis pas prêt à écrire ton livre.

Autre ¿

On ne fait pas de poésie avec un pistolet.
Ou peut-être que si.

Paco Ignacio TAIBO II

De taille moyenne, imberbe. Un abord assez banal. Rien qui pourrait s'appeler du charme, rien non plus de disgracieux. Un visage long, partie basse offerte aux regards – le nez, la bouche volontaires de sa mère –, et partie haute cachée sous une mèche de cheveux tombant côté gauche. Ses yeux... je ne m'en souviens pas. Je sais qu'ils brillaient.

Avec ça, une tête peut-être un peu trop grosse sur un corps trop fin. Vraiment pas un sportif, il détestait le sport et sa pratique, ce qui est certainement le point sur lequel nous divergeons le plus. À la plage, il n'entrait pas dans l'eau. Cela semble anodin, mais pensez que ce garçon avait vécu au bord de l'océan : Bretagne, Nouvelle-Calédonie, Pays basque.

Sa mère aurait pu passer son temps en paréo, lui n'a jamais porté un tee-shirt. C'est un drôle de choix, ces chemises de grand-père, rayées vert ou bleu, sous 35 °C. Il semblait n'avoir jamais bronzé tant il était pâle. À la fin des vacances, le soleil du Pacifique parvenait à hâler légèrement son visage, mais l'idée générale, c'est que sa peau était blanche et ses cheveux noirs. Une part d'ombre, l'autre de lumière, leur ligne de partage juste sous les yeux. Bien des années plus tard, quand je le vois sur les photos offenser l'été dans sa gabardine en cuir, je me dis que c'était pour une raison.

Celle qui me vient à l'esprit, c'est que l'environnement n'avait pas prise sur lui. Faites-le naître en Haute-Savoie, il n'aurait pas mis les pieds sur des skis. J'en ai connu d'autres, à Bidart, qui refusaient les vagues et le sable sur leur peau. Il faut de la force de caractère. C'est un peu comme si, enfant de famille nombreuse, vous refusiez d'enfanter à votre tour. Vous rompez une chaîne.

Pourquoi ?

J'avance les réponses, pêle-mêle. Peut-être était-il trop occupé à autre chose ? À quoi ? Il était le contraire d'un *no life* passant son temps dans sa chambre ; il était l'ennemi juré des jeux vidéo. Il parcourait la plage, la montagne et la forêt. Sa mère avait déversé en lui une connaissance encyclopédique de la nature et des plantes. Il se sentait proche de tous les animaux. Pourtant, il gardait ses distances.

Pourquoi ?

Essayons ça : il n'avait pas besoin de nager pour sentir l'eau sur sa peau, il n'avait pas besoin de gravir des montagnes pour respirer l'air puissant des sommets. Toutes ces choses délicieuses, liées au corps et à l'énergie, non qu'il ne les aimât pas, mais il les connaissait déjà. Intimement. Plus besoin de nager, de courir, d'escalader. Pas besoin d'apprendre à monter à cheval ou de casser les pieds à ses parents pour avoir un chiot. Il lui suffisait de trimbaler partout sa lapine blanche, et de lui parler. Il lui suffisait de porter devant son nez un gros crabe arraché à la mangrove, de cueillir une fleur sauvage, la manger, et il se passait en lui une alchimie dont nous ignorons tout.

Je rêve depuis longtemps d'entrer dans une ville, à la tombée du soir, mon sac chargé de cahiers de notes, impatient d'enquêter sur mes personnages. Plus aucun chef d'établissement ni aucun emploi du temps, aucun compte à rendre que mon roman à nourrir. Solitaire, je vis cette errance du détective privé au service de son propre imaginaire. Je suis un écrivain.

Et voici que ce jour arrive, un matin, par la grâce d'une invitation d'Armelle à venir la rejoindre en Bretagne.

Une odeur de pot-au-feu m'accueille quand je sonne à la porte de son appartement, 13 rue de l'Éternité. Je pose mes affaires dans le salon-salle à manger et nous nous asseyons autour de la table basse. En silence, nous nous regardons un moment, sans savoir où commencer, comme un couple éberlué dans un tableau du Douanier Rousseau. Armelle me sert un verre de jus d'orange. Je n'aime pas le jus d'orange. Une chaleur moite envahit la pièce, des plantes grasses occultent les vitres. Derrière Armelle, étalés sur le buffet et la table de la salle à manger, des photos, des piles de feuilles qu'on devine être des dessins d'enfant, des livres qu'elle ne se donne plus la peine de ranger. Et des plantes tropicales, un peu partout. Elle semble avoir le dessein de laisser la nature l'envahir.

Pendant que je bois du bout des lèvres, elle me glisse sous les yeux des photos. D'abord sans un mot, puis en les accompagnant de précisions : une date, un lieu, des noms de maisons, comme si j'étais un familier de ces endroits-là. À mesure que son exposé progresse, j'entends sa voix descendre dans les graves et c'est comme si elle m'entraînait vers le fond d'un abîme. Je ne tente rien pour m'échapper. Je n'ai aucune question à poser, qu'à m'asseoir au bord de ce canapé et l'écouter. J'avais prévu de prendre des notes, d'un air pénétré. Mais je reste muet et immobile. Je n'ai qu'une seule chose à faire : tâcher de comprendre qui était son fils.

Sur la table, Armelle continue d'étaler les vues de Bélhazar à la plage, à la montagne, dans un chemin creux. Elles finissent par former un carrousel d'images devant mes yeux. Tout cela s'embrouille et je suis trop gêné pour lui demander des explications. Alors, j'essaie de donner un sens à ce défilé de clichés. Cela aurait pu être la vie de n'importe quel enfant. Je remarque qu'il portait des chemises d'adulte beaucoup plus élégantes que celles à carreaux qu'il arborait dans la cour du collège, qu'il donnait l'impression de se consacrer à une entreprise urgente et invisible, qu'il souriait souvent, mais comme on sourit quand on est content. Oui, il avait l'air content, mais pas vraiment heureux. La paix triste d'un enfant unique.

J'entends Armelle me dire : « Il n'a jamais porté de tee-shirt. » Et je comprends qu'elle en tire une gloire. Elle me dit aussi : « Il aurait dû faire de la politique, il défendait tout le monde. » Et elle l'appelle *mon Petit Diderot*.

Je consigne tout ça dans ma tête plutôt que sur un carnet. Comment prendre en notes des paroles aussi sacrées, aussi fragiles que celles d'une mère évoquant son fils défunt ? Je laisse les impressions s'agglutiner dans mon cerveau. Que va-t-il me rester ? La vie, l'enfance de Bélhazar, ou bien la sensation d'avoir été frôlé par un fantôme ?

Que je comprenne ou non, il est évident qu'elle s'en moque. Quelquefois, je murmure des commentaires, par politesse. Elle semble ne pas les entendre. À ce moment-là, elle a pris les commandes de mon enquête. Je suis un réceptacle dans lequel elle verse ses souvenirs.

Au bout de trois quarts d'heure, elle lève enfin son regard sur moi.

— Pourquoi veux-tu écrire ce livre ?

On en est aux photos de Bélhazar, en Nouvelle-Calédonie, dans les palétuviers. Je regarde ses yeux, noirs, incandescents, soulignés par deux traits de charbon. Je ne peux pas lui dire que la vie de son fils ferait une de ces formidables histoires dont les éditeurs sont friands. Il doit y avoir une raison beaucoup plus essentielle. Une raison nichée tout au fond de moi. Mais je ne la connais pas. Tout ce que je m'étais imaginé sur l'écrivain-baroudeur achève de voler en éclats. Je me retrouve devant une mère, gardienne d'un temple où est conservée la vie de son fils. Et je croyais pouvoir entrer librement ! Quelle est l'espèce d'impudeur délirante qui me permet de me présenter là, pour les besoins de ma petite gloire personnelle, parce que je veux montrer que je ne recule pas devant une malédiction, parce que je me veux écrivain et qu'un écrivain saute sur la bonne histoire ? Est-ce réellement pour Dana, pour les enfants disparus, ou plutôt pour moi, que je me suis lancé dans cette aventure ?

Elle continue de me fixer sans donner à son regard d'intention particulière. Comme si elle savait très bien ce que je pensais. Elle laisse tomber :

— Bon...

... de sa voix constrictor.

Mon silence est un aveu. J'essaie quelque chose pour me sortir de cette situation :

— J'étais son prof et d'une certaine façon je représente l'École...

— Non, coupe-t-elle, d'autres profs sont venus à son enterrement. Ceux que Bélhazar aimait.

J'ai l'habitude d'être dans le camp des sauveurs, celui des enseignants qu'on remercie à la fin de l'année pour *Tout ce que vous avez fait.* Mais Bélhazar avait dix-huit ans, en première. Cela porte un nom : l'échec scolaire. Il faut bien que quelqu'un endosse cette responsabilité. Et si c'était ça, mon rôle dans cette histoire ? Et si j'étais venu pour incarner l'adversaire ?

J'essaie encore :

— Je n'ai pas compris Bélhazar. C'est peut-être pour cela que je suis là. Malheureusement, il est trop tard.

Elle se raidit.

— Non, il n'est pas trop tard. Trop tard pour quoi ? Il n'est jamais trop tard. Sauf pour toutes ces petites merdes...

Elle ne dit pas de qui il s'agit, mais je comprends que j'y ai une bonne place. Elle fait un effort pour contenir sa colère et ajoute :

— Toute la vie a toujours été devant lui. Bélhazar n'a jamais pensé qu'il était trop tard. Il avait de grandes ambitions. Il voulait s'occuper des autres. C'est rare, les gens qui s'intéressent à autre chose qu'à leur petit confort personnel. Il allait devenir quelqu'un d'exceptionnel.

J'ajoute, comme par réflexe :

— Il l'était déjà.

Minable.

Elle ne semble pas m'avoir entendu. Son regard se perd derrière les strates de sa jungle domestique. J'ai l'impression de la voir immense, comme ces comédiennes une fois montées sur scène. Un silence s'ensuit, pendant lequel la tension redescend d'un cran. Je suis certain qu'à cet instant, si j'avais dit un mot, elle m'aurait mis à la porte. Elle y pense peut-être. Puis, tout en rangeant les photos étalées sur la table basse, elle me dit :

— Tu dois écrire ce livre pour les empêcher de le salir.

Comme elle voit que je ne comprends pas, elle ajoute :

— Ce n'est pas un suicide.

— Oui, bien sûr, c'est n'importe quoi. Nous ne les laisserons pas dire ça.

— Il préparait une encyclopédie pour les pauvres siècles à venir.

Quoi ? Je la regarde fixement pour masquer mon trouble. Plus j'avancerai dans l'intimité de Bélhazar, plus j'entendrai des choses délirantes.

— Je te donnerai tout. Laisse-moi un peu de temps pour y mettre de l'ordre.

Après cet échange, nous passons à table. Le dîner est étonnamment détendu. Nous parlons de mon couple, qui va un peu mieux, des couples en général, de Yann que j'irai bientôt voir, de la Bretagne et de ces cons de Parisiens. Son pot-au-feu est admirable. Nous buvons du vin et nous rions un peu. Armelle est capable de descendre loin dans les eaux noires de la colère et puis de surgir à nouveau, apaisée, généreuse, attentive. On ne sait pas laquelle est la vraie.

Le moment d'aller se coucher arrive. J'avais plusieurs fois essayé d'imaginer la chambre dans laquelle elle me ferait dormir en me disant : *Non, surtout pas ça ! Je ne pourrais jamais...* Ça ne rate pas :

— Tu peux prendre la chambre de Bélhazar.

Je sens passer sur mon visage un sourire douloureux. Elle a dû le voir. En entrant dans la salle de bains, elle change d'avis :

— Prends plutôt ma chambre.

Avant d'aller se coucher, elle ajoute :

— Demain, je te raconterai comment les choses se sont passées. Je ne pourrai le faire qu'une seule fois, alors tu devras prendre des notes.

En me couchant, j'ai l'impression d'avoir réussi un entretien d'embauche après avoir réalisé la pire prestation de ma vie.

Le lendemain, nous déjeunons à Dinard, chez un ostréiculteur. Quelques tables de bistrot dressées devant la baie du Prieuré. Les eaux clapotent sous le soleil. Nous commandons des huîtres et des araignées. Dans une brume, les murs d'enceinte de Saint-Malo.

— Il n'y a pas meilleur endroit au monde pour manger des coquillages, me dit Armelle.

Elle sourit. Moi aussi. Je ne m'attendais pas à ça. Tout en nous servant un verre, je sens monter en moi un sentiment coupable : le soleil, les fruits de mer, le muscadet, devant cette mère en deuil. Le bonheur se répand dans mes veines, je voudrais l'arrêter. Peut-on s'adonner aux plaisirs de la table quand la mort a frappé ? Ai-je le droit de jouir de cet instant ? Armelle ne se pose pas ces questions. Il faut finir ces araignées ! Elle est fière de m'avoir fait découvrir cet endroit unique. Elle se ressert d'elle-même. Comme si son fils vivait encore. Je ne comprends rien à la mort.

Le mal de crâne m'avait réveillé à l'aube. Au petit déjeuner, j'avais pris un Ibuprofène et deux cafés. Armelle s'occupait de ses affaires, et moi, je me préparais au récit de la dernière nuit de Bélhazar. Je m'attendais à des larmes et à des cris, nous voici au soleil.

J'ai mon cahier sur le coin de la table. Je suis prêt, autant qu'on puisse l'être. Armelle donne le tempo, elle n'est pas pressée. Elle me pose des questions sur moi, mon parcours universitaire. Écoute à peine les réponses.

Soudain, elle me coupe :

— Tu veux savoir la suite ?

— La suite de quoi ?

Elle me lance son regard charbonneux. *Quel con.*

— Nous avons longtemps habité à Saint-Lunaire. C'est très beau, je te montrerai. Tu connais ?

Armelle regarde ailleurs, toujours peu intéressée par ce que j'ai à dire. Puis :

— C'est là que ma mère avait sa maison.

La mère d'Armelle était psy. Intelligente et rayonnante. Souveraine. Entre la mère et la fille, des liens conflictuels autant que fusionnels. On s'engueule et on se ressemble. Il y a, devant la maison, le parc en pente douce jusqu'à la plage. Table ouverte, la nuit comme le jour. L'été, le vin se boit comme de l'eau, accompagné d'un flux ininterrompu de fruits de mer. Une certaine qualité de l'air, en Bretagne, rend les choses éternelles. Au point du soir, le velouté d'un coucher de soleil sur le granit du temps.

Avec l'adolescence, la pêche à la crevette est remplacée par la voile. Armelle est intarissable là-dessus. On apprend à naviguer sur Optimist ou 420. Plus tard, on cabote en chaloupe depuis Dinard, jusqu'à prendre la mer. D'abord Chausey, puis les Anglo-Normandes, Jersey et Guernesey. C'est déjà le large. On y parle anglais dans les pubs. C'est un début.

Les enfants grandissent. Voyages, départ vers Paris pour y travailler, rares retours en Nouvelle-Calédonie où Armelle est née et a vécu ses cinq premières années. Mais toujours Saint-Lunaire, l'ancrage. La famille. La maison.

Un garçon arrive. Bélhazar. Il remplit de rires la grosse demeure de la reine mère. Il vit dehors, connaît chaque arbre par son nom, sait reconnaître les fleurs comestibles et entretient une relation directe avec les êtres vivants. Il habite l'espace et, comme il est le seul enfant, c'est lui qui en devient le maître. Pas de la maison, qui est aux adultes, mais du jardin, des extérieurs. Du royaume. Pas un enfant roi, mais un roi enfant. Peter Pan règne sur un Neverland de granit et d'embruns. Pour sa centaine de peluches, qui le suit partout, il invente des jeux. Il redessine le territoire en lui donnant de nouvelles lois. Le terrain, en contrebas, sert aux apéros sans fin des soirées d'été. À eux la lumière des soleils couchants et les eaux miroitantes. Bélhazar se réserve la partie du parc située à l'arrière de la maison. Une végétation mal peignée, à l'anglaise, monte vers l'orée d'un petit bois. Les grandes personnes ne s'y aventurent plus. Le jeu y est la règle. À eux clairière et horizon, à lui la forêt profonde et le mystère des contes.

Un jour, deux petits cousins sont là qui jouent au bord de l'eau. Brouillons, bruyants, parisiens. Ils enquiquinent tout le monde. Bélhazar prend les choses en main : « Je les emmène en balade. »

Tous trois se dirigent vers le bois, au fond du parc, touffu, noir, menaçant. Mais enfin c'est un bois, il y en a peu en ville, on pourra y jouer. D'ailleurs, Bélhazar a suspendu de drôles de machines aux branches. On les dirait sorties d'un musée d'art moderne. On trouve aussi des bancs peints de couleurs vives et des caisses en bois portant des inscriptions cabalistiques. Le maître des lieux explique un peu. Il est question de portes et de passages. Les enfants cherchent à comprendre, mais Bélhazar ne s'attarde pas. Il les mène par le sentier, sous les houppiers. Au moment d'être absorbé par la forêt, le plus jeune des garçons lance un regard vers la maison, il n'entend déjà plus les rires des adultes. Bélhazar lui demande d'avancer. Ils suivent un dédale de petits chemins que recouvre la nature sauvage. Les cousins portent des bermudas en flanelle grise. Les fougères coupent comme le rasoir. Muni d'une badine de houx, Bélhazar leur fraie un passage. Mais les citadins sont déjà lacérés. Dans le creux d'un hêtre, il leur montre une niche pour les écureuils qu'il a construite avec des planches, et un promontoire sur lequel les mésanges festoient de monceaux de chenilles processionnaires. Les petits cousins s'intéressent poliment, mais en réalité ils ont envie de rejoindre leurs parents. L'aîné lance des regards en arrière, il ne voit plus le sentier et on dirait qu'il fait déjà nuit, sous la canopée. C'est alors qu'un détail lui glace le sang. Il n'entend plus la voix de Bélhazar.

Où est-il ?

Il a disparu.

Les deux gamins restent un moment sans bouger, et puis le grand décide de revenir sur leurs pas. Il se griffe les mollets aux épines des ronces. Au-dessus de sa tête, il y a un panneau accroché à un chêne. Il parvient à le déchiffrer : « Chemin de l'ogre jaune ».

Le petit est blanc de peur. Ils s'enfoncent en courant dans le bois profond.

Dans le jardin, le calme est revenu. On prend l'apéritif sans avoir les marmots dans les pattes. Bien plus tard, on voit sur la grève flâner Bélhazar. Que fait-il ? On dirait qu'il ramasse des coquillages.

— Où sont les garçons ? lui demande leur mère.

— Encore dans la forêt, je suppose, répond-il avec un sourire calme.

Allongés sur les transats, les autres adultes se regardent. Un frisson les parcourt. La mère bondit.

— Une promenade, rien de tel pour calmer des mioches, murmure Bélhazar.

Il a dix ans.

Yann m'a raconté cette anecdote quelques années plus tard, sans commentaire. Sans notice explicative. Comme une parabole. Bélhazar, à dix ans, perdait des enfants dans la forêt. Débrouille-toi avec ça. On peut en rire, bien sûr, on peut aussi s'en inquiéter. Il y a, au fond de cette histoire, une étrangeté qui mérite qu'on s'y attarde, une part sombre qu'il me faudra découvrir. Un de ces morceaux d'enfance qu'on cache au fond des bois. Tout au bout du Chemin de l'ogre.

Retour à la maison. Un autre jour, la mère d'Armelle la vend, et c'est toute cette vie qui disparaît. Je connais bien ce séisme des familles. Je l'ai vécu à la mort de la mienne. On veut croire qu'une maison n'est qu'un lieu dont on dispose un temps, que l'on vend pour en changer. Mais a-t-on bien réfléchi à tout ce que l'on vend ?

Non, sinon on ne le ferait pas.

On vend les souvenirs et l'incrustation de la vie dans les murs, les voix chères qu'on entend longtemps après qu'elles se sont tues, la possibilité d'invoquer des fantômes. On vend les recoins secrets, les alcôves et les angles saillants. Ce qui cogne et ce qui répare. La maison, qui nous colle à la peau comme un vieux jeans qu'on garde au fond d'un tiroir et qu'on ne jetterait pas pour tout l'or du monde. On vend un temple dans lequel on se cachait pour murmurer des prières.

Si un jour on veut s'en débarrasser, c'est que l'on est fâché avec ses dieux.

La mère d'Armelle, comme toutes les femmes de cette famille, cachait une colère.

Elle a vendu Saint-Lunaire et, avec la maison, les fruits de mer, les ivresses, les interminables nuits baignées d'étoiles, mais aussi les rires et les courses de son petit-fils dans le parc, ses premières inventions, sa découverte émerveillée de la vie végétale, son royaume.

Étonnamment, Armelle a pu conserver le petit bout de forêt. Il n'a pas été cédé avec la maison. Un mystère. Les parents de Bélhazar m'y emmèneront. Il y reste encore ses installations pendant au bout des branches, et quelques panneaux rongés par le temps. Un banc rouge et vert, abandonné dans une clairière, habité d'insectes et de champignons, finit de retourner à l'humus. On dirait que Bélhazar, dans cette nature indisciplinée, avait voulu dessiner les contours d'un territoire. Il a manqué de temps.

Après la vente de Saint-Lunaire, Yann et Armelle ont projeté de vivre en Nouvelle-Calédonie. Il n'y a pas eu de départ vers les îles. À la place, ils se sont séparés. Armelle a voulu prendre de la distance et elle a choisi Bidart parce qu'une amie y habitait. Yann détestait Bidart. Bélhazar était un Breton, de Saint-Brieuc. Un Jaouen des Côtes-d'Armor. Ce n'est pas plus compliqué que ça. Un Breton, ça part à l'autre bout du monde ou ça reste chez lui. Comme un Basque, d'ailleurs. Mais son fils est parti pendant quatre années et

Yann ne l'a pas accepté. Celui qui reste à quai, dans une séparation, voit s'éloigner la nef où s'est joué son bonheur. C'est déchirant. Yann était déchiré. Armelle était en colère.

Nous terminons nos araignées en regardant, au loin, les murs de Saint-Malo et la tour Solidor.

Armelle consulte sa montre.

— Quand as-tu rendez-vous avec Yann ?

— Demain matin, à 10 heures.

— C'est bien, tu pourras te reposer, comme ça. Il nous reste un peu de temps cet après-midi, assez pour aller lui dire bonjour.

Bélhazar repose au cimetière de Plouër-sur-Rance. Quelques sépultures alignées parmi les mauvaises herbes et des bouquets de fleurs sèches. On est loin du faste du Père-Lachaise. Contre un mur d'enceinte, Armelle me montre la tombe d'un pirate local. Elle est faite de sable, couverte de fleurs et de coquillages. Celle de Bélhazar est en marbre noir. Un seul bouquet, des pivoines.

Je me tiens devant. Le vin blanc me tape le crâne. Je masque mon malaise en adoptant une attitude de recueillement. C'est-à-dire que je ne fais plus le moindre geste.

Avec la migraine monte l'envie de dormir. Je me dis qu'il n'y en a plus pour longtemps. Encore quelques minutes et je serai à l'hôtel. Je veux fermer les yeux et commencer à faire le tri dans toutes les informations que j'ai reçues pêle-mêle. J'ai besoin de silence. De revenir à une neutralité émotionnelle. Je balaie du regard ce cimetière. Tous, petits ou grands, se ressemblent : des champs tristes, battus par les vents. La terre est vide, *hélas*, et les morts sont ailleurs.

Mais un détail m'apparaît sur la tombe de Bélhazar. Ou plutôt l'absence de ce détail. J'essaie de lire le nom inscrit dans le marbre, en lettres d'or, caché par les fleurs. Je fais un pas de côté pour mieux voir. Rien. Il n'y a rien d'autre que « Bélhazar » gravé dans la pierre. Mon air stupéfait alerte Armelle.

— Nous avons fait ce choix, avec Yann, dit-elle sèchement.

Je regarde une nouvelle fois ce vide étrange.

— Seulement son prénom ?

— Oui, ça nous a paru mieux comme ça.

— C'est plutôt rare de ne pas mettre le nom de famille, non ?

— Ah bon ? lâche-t-elle, et elle s'en va s'occuper de ses plantes.

Je reste interdit devant ce prénom solitaire, incapable de passer à autre chose. J'ai l'intuition que quelque chose se joue là, dans l'indifférence de tous. Serais-je le seul à m'en inquiéter ? Armelle me parle des fleurs qu'elle veut ajouter à son prochain passage. Je l'écoute à peine. En moi-même, je fouille dans mes souvenirs de cimetières. Des tombes anonymes, j'en ai vu, dans les charniers des batailles. Celles de soldats inconnus, avec une date pour seul repère. Mais un défunt, mort en temps de paix, qui part pour l'*au-delà* sans son nom de famille, jamais. Il y a là quelque chose qui heurte le peu de protocole funéraire maintenu jusqu'ici.

C'est dans ces moments-là que tu me parles le mieux. Quand je m'arrête sur un détail invraisemblable, une anomalie offerte à la vue de tous, et que personne ne voit. Alors, ta voix se fait claire, nous nous retrouvons en tête-à-tête, et nous écrivons ce livre.

Bélhazar... C'est vrai que ton prénom a toujours fait penser à un nom de famille. Combien de profs, qui préféraient te nommer Antoine, ont fini par te demander :

— Mais comment vous appelez-vous, au juste ?

Et tu répondais :

— Bélhazar, tout simplement.

Mais cela n'explique pas l'absence de patronyme sur ta tombe. Tes parents ont-ils voulu signifier que tu étais unique au point de n'être rattaché à aucune lignée ? Sans nom du père, on est un enfant promis à l'errance. Abandonné dans les limbes. Cela ne tient pas... Tu étais un enfant aimé, le joyau de ta famille. Pourquoi ne t'ont-ils pas rattaché à eux au moment de te voir partir ? Tout le monde fait ça.

Pourquoi pas eux ?

Ils t'ont laissé partir avec ton seul prénom. Comme un artiste. Bélhazar, serait-ce ton nom de scène ? « Bélhazar », comme le pseudonyme d'un personnage de fiction ? Qui d'autre ne porte pas de nom ? Les résistants, dans la clandestinité. Les hommes de l'ombre. Les orphelins.

Armelle est retournée dans sa voiture pour m'attendre, pensant que je me recueillais. C'est le cas, d'une certaine façon. Je te parle, c'est ce que l'on fait dans les prières. Je te cherche. Es-tu en train de jouer avec moi ?

Avant de quitter le cimetière de Plouër-sur-Rance, je regarde une dernière fois la tombe, et un nouveau détail me saute aux yeux. Seule l'année, 2013, indique la date du décès. Il n'y a pas de mention du jour.

Pas de nom, pas de date… Pas de mort ?

Sur le chemin du retour, Armelle a voulu faire un détour pour me montrer le cimetière de bateaux situé sur les bords de Rance, près du hameau de Quelmer. Une poésie macabre s'en dégage. Des carcasses abandonnées sur la grève. Comme un refus d'oublier les vieux compagnons de mer. Puis, nous sommes remontés par la rive droite jusqu'au barrage de l'usine marémotrice. J'étais ailleurs.

À Dinan, je suis sorti de la voiture les jambes en coton et avec un mal de crâne atroce. J'ai à peine salué le patron de l'hôtel, qui m'accueillait. La première chose que j'ai faite a été de me jeter sur le lit, et j'ai dormi jusqu'au milieu de la nuit.

Vers 3 heures, j'ai ressenti cette certitude d'être éveillé qui prépare aux grandes insomnies. J'ai ouvert les rideaux et regardé, sous la lumière des lampadaires, le quai qui s'avançait dans la pénombre. Je t'ai vu le longer, cette nuit du 13 février 2013. Je t'ai vu entrer dans une autre nuit.

Bélhazar, sais-tu que moi aussi je suis déjà mort ? C'était il y a longtemps, j'avais treize ans. J'avais pris la voiture de mes grands-parents, une Toyota avec boîte automatique. Je roulais dans l'allée forestière qui conduisait jusqu'à notre maison, une allée de sable et de cailloux. Quand la voiture est sortie du virage, le compteur indiquait 110 kilomètres par heure. Je m'en souviens parce que je me prenais pour Alain Prost. Je suis entré dans la forêt, paquet de tôles projeté contre les arbres impassibles. Je peux encore ressentir cette pénétration furieuse, mais je n'ai pas de souvenir de l'impact. Je me suis réveillé dans un amas de ferraille. Je suis sorti par le pare-brise béant et suis rentré au pas de course. C'est là, pieds nus sur les cailloux du chemin, que j'ai dû me casser le petit orteil. La seule blessure physique que j'aie tirée de cet accident.

Quand le garagiste du village est venu s'occuper de l'épave, il n'a pas compris comment je pouvais être encore en vie. La voiture avait fait un tonneau, elle avait évité par miracle les premiers arbres puis s'était encastrée dans un chêne. Je ne sais même plus si j'avais ma ceinture. Cela m'étonnerait. Quand je revois la scène en pensée, je ne me donne aucune chance de m'en sortir.

Bélhazar, suis-je déjà mort ? Cela expliquerait beaucoup de choses. Ou bien la mort est-elle une fenêtre par laquelle, parfois, on passe ? Quel est ce monde que l'on rejoint derrière le pare-brise étoilé ? Bélhazar, peux-tu répondre à la question de Pierre : « Pourquoi certains survivent et d'autres pas ? » Est-ce le résultat aléatoire d'une course ? Un peu de destin qui nous reste à vivre ? Un acte, essentiel à l'équilibre du monde, que l'on n'a pas encore posé ? Et quand on a accompli ce geste utile qui aussi est le dernier, où va-t-on, Bélhazar ?

Le port de Dinan est plongé dans le noir. Je ne dors pas. En mettant de l'ordre dans mes notes, en classant les photos de toi que ta mère m'a prêtées, je pense à ce grand absent : l'amour.

As-tu été amoureux, Bélhazar ? Le désir a-t-il hanté tes sens et brouillé ton jugement ? Quelqu'un a-t-il posé ses lèvres sur les tiennes ?

J'aurai beau chercher, je ne trouverai pas la trace d'une relation, même fantasmée. À dix-huit ans, il y a quelque chose qui cloche. Les garçons sont souvent en retard. Pas les hormones. Tu aurais dû avoir connu, à cet âge, au moins une aventure. J'aurais déjà dû en retrouver trace. Et même si tu n'as pas eu le temps de vivre un amour, je ne peux pas imaginer que tu n'en aies pas rêvé. J'ai tes lettres, des centaines de feuillets, de petits bouts de papier où tu consignais tout. La moindre projection de tes pensées, tout ce qui remontait à la surface. Et je ne vois rien.

Quelques semaines plus tard, à Saint-Brieuc, lors d'un dîner chez l'un des plus proches amis d'Armelle, Christian, sa fille aînée va me raconter la scène suivante :

Cela se passait à Bidart, chez Béla, comme elle l'appelle. Ils avaient douze ou treize ans. Les parents les avaient envoyés jouer sur la grande plage avec une amie de la famille, qui avait dix-sept ans et qui s'occupait du dernier né de la fratrie. Elle était censée garder un œil sur eux.

« Avant de partir, je suis allée me changer, raconte l'adolescente. Béla était vêtu d'un pantalon à pinces et d'une chemise blanche. Ma mère lui dit :

— Alors, Bélhazar, tu ne te mets pas en maillot ?

Il répond :

— Si, c'est fait.

Elle n'a pas discuté. Elle le connaissait.

Arrivée à la plage, j'ai foncé dans l'eau. Je lui ai demandé s'il venait se baigner. Il m'a répondu qu'il restait au bord. Il a enlevé son pantalon et s'est mis en caleçon, un vieux modèle qui lui tombait sur les genoux, avec des éléphants roses. Je suis partie à l'eau en riant. Quand je suis revenue, il était en plein discours sur les touristes allemands qui réoccupaient les plages sur lesquelles ils avaient laissé leurs bunkers. Je n'y comprenais rien. Ma cousine, ça la faisait rire. Normal, elle était plus grande. La Seconde Guerre mondiale, c'était le programme de troisième. Puis, avec Béla, ils se sont occupés du bébé pendant que je suis retournée me baigner. Il parlait avec assurance. Elle riait. De loin, on aurait dit un couple. »

Je demande, sans réfléchir :

— Il avait une copine ?

Ma question semble gêner tout le monde autour de la table.

— Non, je ne crois pas, répond-elle. Mais c'est vrai que je ne me suis jamais posé la question.

En réalité, personne n'a jamais voulu se poser cette question. Sauf Armelle. Elle m'en a déjà parlé. Elle te prêtait des coups de cœur réciproques avec des jeunes filles du lycée. C'était important pour elle. C'est important pour toutes les mères de tous les garçons. Elles s'enorgueillissent des succès amoureux de leurs fils. Les pères de filles, dont je fais partie, font l'inverse. Mais il y a autre chose, spécifique à cette microfamille qu'elle formait avec toi. Armelle est celle qui, invariablement, voulait te faire tendre vers… je ne dirais pas la norme… disons la vie. Elle te voulait en chair et en os, te faire quitter le mythe que tu écrivais sous chacun de tes pas. Elle voulait que tu t'incarnes, alors que tu te dissipais en légendes fabuleuses, en jeux, en mystères. Un mythe, ce n'est pas ce qui convient à une mère. Un mythe, ça ne vit pas vieux. Armelle désirait pour toi un amour, sous les traits d'une fille, d'abord dans l'espoir compréhensible qu'elle prendrait le relais, mais surtout parce qu'elle savait que cette relation aurait le pouvoir de t'ancrer dans l'existence. Celle que les hommes parcourent de bras en bras de femmes, comme un long cordon sanitaire tendu vers l'autre rive. Elle te voulait encyclopédiste, député, brillant orateur, pourfendeur des injustices, ou tout autre chose, ou pas grand-chose, mais elle te voulait vivant. Et pour vivre, on n'a jamais rien trouvé de mieux que d'aimer.

As-tu aimé ? La question est terrible. Elle l'est parce que la réponse ne vient pas. J'ai envie de répondre « Non ». Mais c'est impossible. Je dois être passé à côté de quelque chose, de quelqu'un.

Armelle me donnera le nom de trois filles dont tu te serais amouraché. Je tente de les contacter par mails et sur les réseaux sociaux. Aucune réponse. J'abandonne. Mon instinct me dit que ce sont là des amies chères, admiratrices de tes facéties, rien de plus. Je n'y sens pas les relents épicés de salive et de sueur des amours adolescentes. Se pourrait-il que tu te sois situé en dehors des passions ? Que cette grande affaire chronophage, tu ne t'y intéressais tout simplement pas ? Ou bien tu as aimé tant de personnes que tu n'as pas pensé à en aimer une seule. L'amour exige d'arrêter son choix. Le sentiment amoureux est exclusif ou bien il n'est rien. Étais-tu sur terre pour aimer tous les êtres vivants ? Et cet immense amour te privait-il de l'autre, celui de deux corps qui s'attirent, de deux odeurs qui entrent en alchimie ?

Tu étais là pour autre chose. Pour quoi étais-tu là ?

Répondez à cette question, et vous avez la clef de l'énigme.

À 10 heures, le lendemain, Yann m'attend devant l'hôtel *La Marine*. Toujours le même bonhomme d'un peu plus de soixante ans, sourire aux lèvres, coup d'œil rapide.

— C'est pas mal cet endroit, mais il faudra que tu viennes dormir à la maison.

— Bien sûr. La prochaine fois.

Je n'ai aucune envie de passer la nuit ailleurs que dans une chambre d'hôtel, mais j'accepte par politesse. Comme je prends un manteau dans ma voiture, il a, pour elle, un regard navré.

— Tu roules en Renault...

— Oui. Moi, tu sais, les bagnoles...

— Jamais de Renault, malheureux, ça tombe en panne tout le temps.

En mettant le contact, il ajoute :

— Bélhazar rêvait d'avoir une Mercedes. J'avais prévu de lui donner la mienne. Un vieux modèle des années 1980, quatre cent mille kilomètres au compteur, qui ronfle comme un ogre.

Il fait une pause, les mains sur le volant.

— Tu sais quelle est la marque des corbillards ?

— Mercedes ?

De la pure déduction.

— Non, ce sont souvent des Renault Trafic. Moins chères. Eh bien, le jour des obsèques de Bélhazar, avant la cérémonie, leur Trafic est tombée en panne. Ils ont dû emprunter un véhicule à une autre entreprise de pompes funèbres. Quelle marque ? Je te le donne en cent : une Mercedes. C'est ainsi que Bélhazar l'a eue, finalement.

Nous avons pris cette route de Dinan à Saint-Brieuc que j'allais si bien connaître au cours des années suivantes. Elle traverse les Côtes-d'Armor. Mais pour moi, elle est un chemin séparant la mère et le père, les deux polarités de la vie de Bélhazar.

Yann habite dans une grosse demeure bourgeoise, avec ses sœurs. Non loin du centre-ville de Saint-Brieuc. Sur la façade, la peinture des volets s'écaille et de longues traînées noirâtres suintent des ferrures. La bâtisse a cet air résigné des maisons bretonnes. Avant d'entrer, je remarque dans la cour, sous un hangar, l'antique Mercedes break au beau fuselage beige clair. Dans la cuisine m'attendent les deux sœurs aînées de Yann.

— Monsieur vient nous voir pour Bélhazar, leur lance-t-il.

— Ah, très bien !

Leur poignée de main a la fragilité d'une tasse en porcelaine.

L'intérieur n'a pas bougé depuis les années 1970, dallage en damier noir et blanc, long meuble Formica couvrant l'un des murs, gazinière antique. À l'autre bout de la cuisine, nous empruntons un couloir plongé dans l'obscurité. Un apéritif nous attend au salon.

Dès les premiers pas sur le tapis élimé, je reconnais cette odeur d'encaustique qui émane des vieilles maisons. Relents âcres de potage, papiers peints humides. Je revois le piano de mon grand-père, sur lequel était posé un métronome en bois. Je m'amusais à abaisser la petite butée de plomb sur la tige de fer pour en accélérer le tempo. Mais le rythme rapide surprenait le calme de la pièce, comme le cheval d'un corbillard qui aurait pris le galop. Alors je remontais la butée et la vieillesse reprenait son pas lent.

— Que désirez-vous ? m'interroge en souriant la plus âgée des sœurs. Il y a de la Suze ou du Ricqlès.

Je suis étonné d'apprendre qu'il reste une bouteille de ce truc quelque part au monde.

— Je prendrai un Ricqlès.

Je me tiens assis au bord du canapé tandis qu'elle fait couler le liquide bleu électrique dans mon verre. Sans préambule, Yann se met en devoir de me raconter l'histoire de la maison. On sent que ce n'est pas tous les jours qu'il dispose d'une oreille neuve. Je retrouve le Yann disert des dîners de Bidart, mais cette fois il joue à domicile.

— L'histoire d'une maison, c'est l'histoire d'une famille.

Cette phrase, sans doute préparée, marque le début du roman des Jaouen. Moi, ça ne me gêne pas – je l'ai déjà dit, j'aime bien les histoires. Et puis il y aura forcément des faits qui viendront éclairer la personnalité de Bélhazar. Je sors mon carnet de notes.

— Maurice Jaouen, mon père, c'était un sacré bonhomme. Il a commencé jockey dans les années 1920. Un drôle de métier, crois-moi. On se cassait les os chaque week-end et la retraite arrivait vite. Pour éviter de se retrouver en miettes, il s'est fait maquignon. Et c'est là que tout a commencé. Il avait le sens du commerce. Ça marchait bien, mais ce qu'il aimait par-dessus tout c'était la mécanique. À côté du maquignonnage, il s'est mis à piloter tout ce qui avait un moteur. Avec son biplan, il a réussi à se poser à Chausey. Et puis la suite logique : pilote de course, pour Bugatti. C'était ça, le père Jaouen, un casse-cou doublé d'un homme d'affaires.

Tout à mon écoute de la saga familiale, je porte le breuvage à mes lèvres. Dès la première gorgée, j'ai cette impression que le soda à la menthe me javellise la gorge. Mon regard se brouille et une larme apparaît au coin de mon œil. Je me force à sourire aux sœurs tandis que Yann poursuit son récit :

— À un moment, il lui a fallu choisir car il avait déjà deux enfants. Quand il a rencontré maman, il enchaînait les accidents, et chaque année on comptait les morts. Elle lui a donné le choix entre elle et les Bugatti. C'est un peu l'histoire de tous les hommes, non ?

Je ne réponds pas. Je ne suis pas un homme de cette époque. Le genre d'alternative que me laisse ma femme, ce n'est pas la mort d'un côté et la vie de l'autre, ce n'est pas le panache ou le confort. On ne vit plus dans un film de Claude Sautet. Ou peut-être que si. Je choisirais les Bugatti.

Pendant que je réfléchis, le Ricqlès me cryogénise la glotte. Je me dis que mes hôtes voient se dessiner le trajet du liquide fluorescent dans mon œsophage. Soudain, une angoisse : quel âge a cette bouteille ? Il faut que j'arrive à vérifier la date de péremption sans éveiller l'attention. Je croise les jambes pour donner à mon buste une légère inclinaison. Mais l'étiquette est délavée. Je me penche. Impossible de lire la date. Alors je tends la main vers la bouteille pour lui faire exécuter un quart de tour. L'une des sœurs, n'attendant que ce geste, lance à Yann :

— Ressers donc ton invité, il meurt de soif.

Je vais perdre toutes mes dents.

Dès cet instant, le récit de Yann est devenu une bouée à laquelle, dans la tempête bleu électrique, je me suis accroché.

— Va pour le commerce ! continue-t-il, comme si je n'étais pas en train d'agoniser devant lui. Les chevaux, c'est fini. Ce sera les primeurs. Le père Jaouen achète un magasin à Saint-Brieuc. *Aux délices du Maghreb*. Rends-toi compte qu'il a lancé la banane en France ! Les cinq fruits et légumes par jour, il en parlait dès les années 1930. Il avait compris que le meilleur marché, c'était le dimanche après la messe. Il allait vendre ses fruits au cul des églises. Puis, il a eu ce coup de génie : la voiture publicitaire. Une Peugeot avec une grosse banane posée sur le toit. Une première, à l'époque.

Yann fait une nouvelle pause pour laisser retomber les souvenirs comme la poussière d'un plumeau. Le silence ici ne gêne personne. Je le vois sourire en regardant son verre. À quoi pense-t-il ? Cherche-t-il à retrouver le fil de son histoire ou bien est-il en train d'en inventer un nouveau chapitre ? Qu'importe. Qu'est-ce que c'est que cette chose-là, la vérité, s'agissant de nos vies ? La vérité d'un enfant, c'est une création, celle d'un couple, le résultat d'une négociation, celle d'un vieillard, un peu d'écume au bord de la mémoire. Je ne vais pas faire une enquête pour savoir si le vieux Jaouen a piloté une Bugatti ou posé son biplan sur Chausey. Je l'ai dit, je suis un piètre détective. Ce qui m'intéresse, et je le comprends en me resservant moi-même un verre de Ricqlès, c'est leur folklore. Invention ou vérité, cela n'a aucune importance. Ce qui compte c'est la façon dont on se raconte. Ce que je cherche, c'est le carrousel d'images qui tournait dans la tête de Bélhazar.

— Le père Jaouen n'a jamais fait fortune. On vivait bien, je ne dis pas le contraire. Mais il n'a pas créé l'empire industriel dont il était capable. C'était un homme d'idées, pas d'argent. Il donnait tout. Ça rendait ma mère folle. C'est pour ça qu'il n'est jamais devenu aussi gros que les autres, les Leclerc, les Doux, les Guyomard. Ceux-là, ils venaient à la maison l'écouter. Ils avaient compris que le père Jaouen était un visionnaire. Eux, c'étaient des chefs d'entreprise.

« Avec les primeurs, il s'est lancé dans la volaille nourrie à la farine de thon. Une belle affaire. Plus tard, il a essayé d'en monter une autre dans la cuisine congelée. C'étaient les années 1950. Trop tôt. Toujours trop tôt...

Yann s'arrête net. Je ne comprends pas pourquoi. Je m'attendais à aller jusqu'à la fin du patriarche, mais c'est comme s'il avait effacé les dernières années. Il se lève et me lance :

— Je vais te montrer la chambre de Bélhazar. Ça devrait t'intéresser.

En montant les deux étages, j'imagine l'enfant de la famille remplir de cris les couloirs vides. Dans la cage d'escalier sont accrochés toutes sortes de tableaux. On pourrait penser à un hommage posthume, mais la couche de poussière qui les recouvre indique qu'ils sont là depuis longtemps. Certains sont de purs dessins d'écolier. Je me contente de sourire poliment. Au deuxième étage, je m'arrête devant un tableau qui tient à la fois de la peinture et du collage. Il représente une maison au milieu d'un champ. Tout autour, en guise d'encadrement, le jeune artiste a disposé des étiquettes de réclames de l'entre-deux-guerres. L'ensemble dégage une harmonie étrange. À force de l'observer (et cette impression, je l'aurai devant la majorité des œuvres de Bélhazar), le paysage glisse vers l'onirisme, et la seule question que l'on se pose devient : Où a-t-il vu ça ?

— Tu admires ses tableaux ? Moi aussi, me dit Yann d'une voix chuchotante, je m'arrête encore pour essayer de les comprendre. Tu as remarqué ce sens des couleurs ? Drôle de bonhomme, quand même ! Suis-moi, je vais te montrer son atelier.

— Je ne savais pas qu'il peignait...

— Il faisait à peu près tout. Mais il peignait, oui. Beaucoup. Tout le temps, pour ainsi dire. Je t'ai dit qu'il avait exposé ? À seize ans. À Perros-Guirec. Il a vendu deux toiles.

Je n'avais jamais encore entendu parler d'un gamin de seize ans qui vendait ses toiles.

— Mais ça, ce n'est pas grand-chose, murmure Yann en réponse à mes pensées.

Nous entrons dans une vaste pièce, entre l'atelier du peintre, le labo du chimiste et le bric-à-brac d'un grenier. Au centre, un bureau croule sous les feuilles volantes et les gobelets remplis de pinceaux. Contre un mur, posé sur tréteaux, un plan de travail chargé de pièces de bois, bouts de métal, fils de fer à souder ou de soie, outils aux formes mystérieuses, piles de magazines pour alimenter ses collages, tubes de colle, de peinture, feutres Posca et crayons de toutes les tailles. Yann me montre un cylindre duquel partent des tubes.

— Tiens, cette poubelle-là ! C'est ça, Bélhazar. Il voyait un objet et, immédiatement, il savait ce qu'il allait en faire. Il le rapportait dans son atelier, et quand il en ressortait, c'était une chose nouvelle. Ça ne s'arrêtait jamais.

Yann se tient dans mon dos.

— Et tu as vu ce sens des couleurs ! répète-t-il. C'est ça qui m'étonne le plus. Comment t'expliquer… Ce n'est jamais la bonne couleur, celle qu'on aurait choisie, et pourtant elle tombe juste.

Je prends l'objet dans mes mains. Ce n'est plus une poubelle, c'est autre chose. On sent qu'il a percé son mystère de cylindre. Il a révélé ce qu'elle contenait d'art en elle. Un peu comme s'il l'avait interrogée et qu'elle avait répondu.

— Quel âge avait-il quand il l'a peinte ?

— Pas beaucoup plus de treize ans.

Alors que Yann part à la recherche d'un tableau, je fouille dans les œuvres posées contre les murs. La majorité est consacrée à la Première Guerre mondiale. Gouaches, fusains ou sanguines, collages de cartes postales d'époque apparaissant en palimpseste. Il y a ce portrait d'un Poilu reproduit chaque fois sous un angle nouveau. Derrière lui, un no man's land hérissé de fils de fer barbelés. S'élevant tout autour, des volutes enroulées sur elles-mêmes : son âme ? On dirait ces œuvres créées dans les tranchées. Dès qu'il s'intéressait à la Grande Guerre, Bélhazar semblait habité. Un gamin de treize ans…

Je me souviens qu'à l'âge où Bélhazar peignait ses Poilus, je passais des après-midi plongé dans les archives de mon grand-père. Il avait traîné avec lui toute une paperasserie. Pour en faire quoi ? Il ne les montrait à personne. Il avait failli mourir dans les tranchées de la Somme, et comme, dès lors, plus rien n'avait eu d'importance, il avait vécu cent ans. Je pouvais voyager des heures le nez dans ses cartons, j'en respirais le parfum suranné, chaque lettre exhalant l'odeur d'une histoire oubliée dont j'avais toujours l'espoir de ressusciter un fragment. La différence entre Bélhazar et moi tenait au fait que, plongé dans les archives de mon grand-père, je n'ai jamais dépassé le stade de la nostalgie. Bélhazar s'est saisi de cette pâte de passé et, entre ses mains, elle a repris vie.

Yann a disparu. La pièce est plongée dans une semi-obscurité au fond de laquelle perce la lumière d'une lampe. J'en profite pour me jeter dans le fauteuil et ferme les yeux.

Je respire l'atelier, il est plein de toi.

Les personnages de tes rêves picturaux dansent sous mes paupières. Je vois se mouvoir un soldat de 14, dans son uniforme gris-bleu, avec sa moustache bien taillée, son képi légèrement penché sur le côté du crâne. Son havresac sent le cuir mouillé, les champignons et la vermine. Je l'entends se racler la gorge tandis qu'il avance prudemment sur l'un de ces ponts branlants qui traversent les étangs de boue rendus meubles par la pluie d'obus. Il erre sur le champ de bataille, après les combats. Au bout de sa main brille le métal d'un pistolet. Sous son képi, près de la tempe gauche, le sang a coagulé dans sa chevelure noire. Il sourit comme pour la photo.

Qui est ce soldat, Bélhazar ? Ce soldat que tu peins en série comme pour en débusquer le mystère ? Ce soldat que tu creuses, autour duquel tu tournes pour mieux le voir, pourquoi le poursuis-tu dans tes tableaux ?

La maison semble vide. Pas un craquement de parquet, pas une plainte du bois dans la charpente. Je reste dans mon fauteuil, mon regard se pose sur chaque coin de la pièce comme si je cherchais la clef d'un rêve.

Mais un claquement de talons au rez-de-chaussée. L'heure de descendre pour le dîner.

La salle à manger n'est pas plus éclairée que le reste de la maison. Sentant mon hésitation, la moins âgée des tantes me lance :

— Ce n'est pas tous les jours qu'on utilise cette pièce.

Les deux sœurs mènent tour à tour la conversation. D'abord quelques propos sur les météorologies basque et bretonne, que nous trouvons similaires. Puis, très vite, Bélhazar s'impose. Elles l'évoquent avec une mélancolie pudique, comme s'il était parti à l'étranger et qu'il ne devait pas revenir avant longtemps. Des silences ponctuent les souvenirs. Ils dessinent le portrait d'un garçon débordant d'imagination, toujours prêt à inventer quelque chose pour enchanter le quotidien d'une vieille maison.

— Bélhazar, dit l'aînée, organisait pendant les grandes vacances un loto par semaine. C'est lui qui fabriquait tout de ses propres mains.

— Il annonçait les résultats dans sa gazette, reprend la cadette. Et nous avions l'heure des prochains tirages, les lots mis en jeu, les nouvelles règles qu'il inventait. Voulez-vous encore un peu de soupe ?

Il y a chez ces trois êtres une élégance très ancienne. Tandis que je tends mon assiette, je leur demande :

— Il écrivait une gazette ?

— Oh oui, dès qu'il arrivait, du premier jour des vacances jusqu'au dernier. Il y racontait les événements importants de la maison et du jardin. Puis, comme on s'y était habitués et que c'était devenu un peu nos actualités, il a continué à nous envoyer son petit journal par courrier, chaque semaine.

Yann sort d'un porte-document une lettre, rédigée sur une facture d'une entreprise d'alimentation en gros : *Ty eurvad mat*. Du breton. Je n'ose pas lui demander la traduction, mais je reconnais ces fameuses copies sur lesquelles Bélhazar nous rendait ses devoirs, au collège, à l'en-tête de l'épicerie de primeurs du grand-père Jaouen. Tous ses professeurs s'en souviennent. On avait l'impression de corriger un fantôme. Bien sûr, il y en avait pour s'élever contre cette manie qui contredisait le sacro-saint principe d'égalité entre les élèves. Mais empêcher Bélhazar de sortir du cadre, c'était vouloir contenir l'eau dans ses mains.

Sur le moment, j'ai éprouvé la satisfaction d'avoir percé un mystère. J'avais imaginé que ces factures provenaient du Congo, où Bélhazar aurait eu un oncle en bermuda beige. Il suffisait pourtant de regarder l'en-tête pour y lire cette adresse à Saint-Brieuc. Mais comme en un tour de magie par lequel le prestidigitateur réussit à attirer l'attention non sur ses gestes mais sur nos propres désirs, Bélhazar avait fait naître ce que je voulais plus que la vérité : l'exotisme. Il était un magicien. Nous étions son public.

Tout en y repensant, je parcours les paragraphes tapés à la machine. La gazette s'intitule *Le Nouveau Zi*.

— Que veut dire « Zi » ?

— C'est le nom qu'il se donnait, me répond Yann. « Zo », c'est moi, et « Zu », sa mère.

Je reproduis ici la première rubrique, en ne retouchant pas l'orthographe. Bélhazar y parle de lui à la troisième personne.

Événement :

Aujourd'hui Zi a eu des matériaux d'art. C'est une importante commande déclare-t-il ; mais il a eu droit à trois pièces en grommelant il rectifie : mwoui, c'est toujours mieux que de lui acheter des armes.

Enfin avec ces éléments il va pouvoir peindre et l'exposition ne sera que plus réussie.

Impossible de ne pas s'arrêter sur ce bout de phrase : « toujours mieux que de lui acheter des armes ».

— Il aimait les armes tant que ça ?

— Oh oui. C'était un problème. Moi, je déteste ça. J'en voulais pas chez moi. Par contre, je lui achetais tout ce qu'il voulait, il était vraiment pas compliqué ni capricieux. En général, c'était du matériel pour ses tableaux. Ou bien des pièces pour son taxi. Mais des armes, jamais !

— Son taxi ? Quel taxi ?

— Je te montrerai ça plus tard. En ce qui concerne les armes, j'ai toujours voulu l'en éloigner. On a voyagé dans toute l'Europe, on a inventé mille jeux, on n'a pas perdu une minute. Il était toujours occupé à bricoler ou à peindre. J'ai bien cru qu'il finirait par les oublier.

Un silence. Puis, la sœur aînée :

— Et ses lettres, vous avez vu ses lettres ? On se demande comment elles ont pu nous arriver. Encore un miracle. Tiens, Yann, fais voir à monsieur les lettres de Bélhazar.

Yann monte les chercher. Je reste seul avec les sœurs. Nouveau moment d'attente, puis l'une d'elles, la cadette, se penche vers moi :

— *Ty* veut dire « maison » en breton. Dans le sens d'« entreprise ». *Mat* signifie « bon ». La « Maison du bon »... *Eurvad*, c'est...

Elle se tourne vers son aînée.

— C'est quoi *eurvad* en breton ?

— « Fortune. Chance. »

— Ah oui, c'est ça, « la Maison de la bonne Fortune ». Normal, pour une société qui importait des fruits d'outre-mer.

Je note sur mon carnet : « Maison du bel Hazard. »

Yann revient avec un carton ouvert qu'il pose sur la table. Il en sort des enveloppes de toutes les couleurs et de tous les formats. Chacune d'elles est une petite œuvre d'art entièrement peinte, souvent rehaussée par des collages. Mais ce qui attire le plus mon attention, ce sont les timbres. Tous ont été fabriqués. Yann m'explique que, des lettres comme celles-là, il en a conservé treize kilos en tout. Soit des centaines. J'en pioche une, de dix centimètres de côté, une superposition d'images anciennes, réalisée à partir de tracts publicitaires de la Biscuiterie nantaise. Il y a ajouté des tampons de squelette de main, un trèfle à quatre feuilles, des signes cabalistiques de lui seul connus. Je demande à Yann :

— Comment ces lettres pouvaient-elles vous arriver ? Ils sont tatillons à la Poste, surtout sur la question du timbre.

— Je sais, cela paraît impossible. Et pourtant aucune ne s'est perdue.

Je les examine de plus près. Une autre est couverte de timbres de un centime. On voit que le préposé y a donné des dizaines de coups de tampon. Comme par jeu. J'imagine le facteur, récupérant ces petits objets d'art, s'en amusant et les portant, au mépris du règlement, à destination. Par Bélhazar envoûté.

— Oui, c'est assez extraordinaire, reprend l'aînée des sœurs Jaouen, et c'est ainsi qu'il nous faisait parvenir nos gazettes. Avec lui, on s'était habitués à l'extraordinaire. Au fil du temps, les colonnes ont repris les potins du quartier, il y avait des interviews des commerçants, et même un bulletin météo, des jeux, une planche de bandes dessinées. C'était très amusant. Il y glissait aussi son emploi du temps scolaire quand il était à Bidart. C'est fou tout ce qui se passait, avec lui.

En les écoutant, je repense au petit corsaire qui traversait la cour du collège. Je te revois, Bélhazar, dans ma classe. Tu contenais déjà ces trésors que je découvre à présent. Ils étaient derrière tes yeux.

La cadette me ressert de la soupe. Une louche, deux, et elle ajoute :

— Ça me manque beaucoup, cette gazette. Il faudra bien le dire, hein, à quel point il était généreux.

Je m'étais imaginé qu'elles n'attachaient pas beaucoup d'importance à ma venue. Que ça leur passait par-dessus la tête. Mais non. Elles savent très bien pourquoi je suis ici, et j'ai soudain l'impression d'être tombé dans un guet-apens tendu par des personnes gentilles.

Yann se lève.

— Viens avec moi au salon. On va prendre un digestif.

Nous sommes assis l'un en face de l'autre. Une lampe clignote sur un guéridon. Yann me verse un cognac.

— Quand j'ai lu ton mail, je me suis dit que c'était une sacrée coïncidence. L'idée d'un livre, oui, c'est très bien. Mais il faudra que cela concerne tout le monde, enfin, le plus de monde possible. Si ça ne parle que de Bélhazar, cela n'a pas d'intérêt.

J'essaie de le rassurer par une phrase toute faite :

— Bien sûr, il en va de même pour toutes les histoires : trouver ce qu'il y a d'universel dans chaque cas particulier.

En réalité, je vois de moins en moins ce qu'il peut y avoir d'universel dans un cas si particulier.

Yann a l'air de se satisfaire de ma réponse. Il ajoute :

— Je vais avoir besoin d'aide. Un grand besoin. Je voudrais créer un musée. C'est Bélhazar qui y avait pensé. Il voulait rassembler ses collections d'objets. Je trouvais l'idée excellente.

Nous restons un temps sans rien dire. Il reprend :

— Ce musée montrera sa passion pour l'histoire, il rassemblera ses trésors, notamment ceux de la Première Guerre mondiale. C'est stupéfiant le nombre d'objets qu'il a accumulés. Je te ferai voir ça. Ce que je veux surtout, c'est exposer ses œuvres. Ça, je crois qu'il ne l'avait pas prévu.

— Et tu as pensé à un endroit en particulier ?

— Oui, à une petite heure d'ici, dans un village qui s'appelle Treverian. J'y avais acheté une maison pour une bouchée de pain, à l'époque où nous devions partir vivre en Nouvelle-Calédonie, avec sa mère. Cette bicoque nous aurait servi de garde-meubles. Le voyage ne s'est pas fait, à la place nous nous sommes séparés. Mais Bélhazar a tout de suite compris ce qu'il pourrait faire de cet endroit. C'est lui qui m'a dit : « On n'a qu'à en faire un musée ! »

Yann sirote une gorgée de son cognac pour me laisser le temps de réfléchir, puis :

— Comment trouves-tu cette idée ?

Je ne sais pas quoi dire. Je trouve ça… En fait, je ne sais pas ce que j'en pense. Je me force à répondre :

— Je trouve ça touchant.

Je m'en veux de dire une chose aussi plate. Yann poursuit :

— Tous les parents du monde ont dû avoir cette envie, non ?

J'opine en portant mon verre à mes lèvres – mais non, bien sûr que non. Les parents frappés par le drame transforment la chambre de leur enfant en mausolée. C'est ce qu'a fait Armelle. Certains peuvent avoir l'envie d'aller plus loin, mais combien la réalisent ? Yann n'est pas un père banal, comme Bélhazar n'est pas n'importe quel fils. Ils sont de cette espèce d'hommes qui vont au bout de leurs idées les plus folles, pour la simple raison qu'ils ne les trouvent pas folles du tout.

Je l'ai regardé finir son cognac avec cette façon qu'il a d'accorder une attention intense à chacun de ses gestes, cette méticulosité modeste des gens sages, et je me suis dit que Yann est le père qu'il fallait à Bélhazar.

Il affiche ce sourire qui trahit une profonde réflexion. Puis :

— La prochaine fois, nous irons à Treverian.

Il a encore parlé de son fils, pendant au moins une heure, détaillant ses petites manies, relevant souvent, mais sans y prêter trop d'importance, des traces de surnaturel qu'il notait en passant. J'avais en l'écoutant l'impression qu'il évoquait un vieil ami, un personnage hors normes qu'il aurait bien connu. Je n'ai pas pris de notes, mais j'ai repris un cognac, et tout ce qui était Bélhazar est venu se déposer en moi.

Sur mon lit. Dans ma chambre d'hôtel. Je t'imagine jouant avec ta centaine de peluches. Tu les avais baptisées « Les Petits Amis ». Chacune d'elles avait un nom et un rôle. Albert, c'était le mécanicien. Un orfèvre. Il réparait la Mercedes. Tu le posais sur le capot et il trouvait la panne en moins d'une minute. Un jour, par sa seule présence, Albert a réparé les fontaines du Trocadéro. Il y avait aussi Feu de derrière, le singe au cul rouge. Un malin, celui-là. Et puis, Pepito, un petit ours, le président des Petits Amis. Un matin, il a disparu. Impossible de mettre la main dessus. Pepito, c'était quelque chose. Les Petits Amis sans leur président, c'était la panique. Pas moyen de le retrouver. Yann et toi, vous avez tout de suite pensé à un enlèvement. Qui pouvait enlever une peluche ?

« Ceux qui n'aiment pas les jeux, m'a soufflé ton père. Ceux qui ne s'amusent pas. Avec Bélhazar, en voyage, on s'arrêtait n'importe où et on jouait. L'enlèvement de Pepito, c'était un avertissement, une façon de nous interdire de continuer. »

Je revois le Monopoly que tu avais réalisé avec un carton de déménagement, en prenant modèle sur ta propre vie. Yann était fier que la rue de la Paix, ce soit sa maison de Saint-Brieuc et pas l'appartement de Bidart. Je repense à la gazette tapée sur les factures de ton grand-père, aux cartes postales peintes ou passées à la poudre d'or, aux tableaux de toutes dimensions, paysages oniriques, portraits de Poilus, de lapins, et à tes porte-crayons en fer-blanc ouvragés au fer à souder, aux petits mots que tu laissais partout pour que ta famille les trouve, un jour. Peut-être. Même pas sûr.

Je sens mes paupières gonfler. Une immense fatigue a pris les commandes de mon cerveau. Je n'avais aucune idée de ce genre d'effort, quand il s'agit de se concentrer des jours durant, tout en recevant des décharges d'émotion comme des paquets de mer sous la tempête. Recueillir la parole de tes parents. Lui donner l'importance d'un texte sacré, ce qu'elle est. Et finalement te laisser vivre en moi.

Vers 2 heures du matin, je m'habille et je vais marcher le long du port. Il y a quelques lumières, au bout des mâts, qui dansent dans le froid. Je refais pas à pas ton dernier trajet, que m'a raconté Armelle. Le passage devant la brasserie pleine, à cette heure-là, de bikers éméchés, le franchissement du petit pont en pierre, puis la rampe sans lumières, sous le couvert des arbres, qui monte au centre-ville. Le chemin s'élève dans le noir complet, vers ta mort. À mi-trajet, il me semble entendre ta voix, claire, mais que j'imagine troublée par la mue. Elle s'oppose aux forces de l'ombre qui planent encore. Comme si la rixe n'avait jamais cessé. Comme si les événements se répétaient sans cesse. Ta voix m'appelle. Je ne la suivrai pas dans la nuit.

Le lendemain matin, Yann passe me prendre pour me conduire à la gare.

— Nous sommes en avance, me dit-il. Je voudrais en profiter pour te montrer quelque chose.

Nous nous garons dans la cour de la maison puis nous traversons les pièces noires. Pas de trace des sœurs. Nous montons l'escalier jusqu'à l'étage de Bélhazar.

— Ici, fait Yann.

Il me montre un tableau sur le mur. Une toile plus haute que large, que je n'avais pas remarquée la veille.

— Celui-là est très important. Je ne peux pas t'expliquer pourquoi, je ne comprends pas. Peut-être que toi…

Il s'agit d'un tableau d'enfant. Je sais avoir besoin de temps pour pénétrer le sens de certaines œuvres de Bélhazar, mais cette fois je suis un peu gêné. Cette croûte est un brouillon puéril.

Yann dit :

— Il avait dix ans.

Cela ne me surprend pas. Oui, à dix ans, on peut faire ce genre de gribouillage. Je crois même que la plupart des enfants de cet âge font mieux.

La toile est composée en hauteur. En haut, à côté d'une étoile, le mot « Ciel ». Au centre, au-dessus d'une ligne d'horizon convexe : « Terre ». Sur le côté gauche, une fusée en forme de sorbet ou de phallus s'élève vers la stratosphère. Le tout, avec deux petits yeux et une bouche, formant un visage. Bon. Cela n'a rien à voir avec ses collages fascinants de Poilus de 1914 ou ses paysages oniriques. C'est un dessin d'enfant, voilà tout.

Il reste un mot, tout en bas, difficile à lire parce que la peinture des lettres a coulé. Je le regarde de plus près. Bélhazar a écrit, en dessous de la ligne courbe représentant la surface du monde, le mot « Autre », avec un point d'interrogation à l'envers, « ¿ ».

— Bien sûr, me dit Yann comme pour commenter le fil de mes pensées, on peut passer cent fois devant sans y prêter attention. C'est ce que j'ai fait. J'ai laissé ce tableau dormir parmi les autres. Un jour, je suis tombé dessus. Et je me suis dit : « Comment un gamin de dix ans peut-il avoir ça dans la tête ? »

Je n'ose répondre. Ce que je suis sur le point de dire, je ne suis pas prêt à le formuler à quelqu'un d'autre que moi. Pas envie d'être pris pour un fou, même par Yann. Nous avons sous les yeux la preuve que Bélhazar se posait, à dix ans, la question d'un monde *sous le monde*. Une autre réalité, inversée, comme son point d'interrogation. Je veux bien qu'on me dise que j'exagère, que j'en fais des tonnes, mais alors quelle pourrait être l'autre signification de ce tableau ?

Il n'y en a pas.

Un matin, juste avant le lever du soleil. Ma femme dort. Je glisse sur le plancher sans le faire craquer, comme un Sioux dans ma maison. Arrivé devant mon bureau, j'allume l'ordinateur. Je le regarde, le temps que mes yeux s'habituent à sa bleuité. Cette fois, il faut que ça sorte, tout de suite, de la masse grouillante de mes pensées. Il faut que j'en fasse quelque chose, n'importe quoi, un monstre. Et pour combler les vides inévitables, faire confiance à cette autre force : l'imagination. Cela ne pourra pas être un roman, car je n'ai rien à inventer. Tout est vrai, je n'ai qu'à recueillir et à comprendre. Mais ce ne sera pas non plus l'exacte vérité. Si Armelle la voulait, il ne fallait pas passer par moi. J'ai déjà écrit deux livres sur la mort. Celle de ma mère et celle de mon ami d'enfance. J'ai laissé entrer en moi les fantômes et je leur ai prêté ma voix. Je vais le refaire, une dernière fois.

J'essaie de comprendre les raisons qui me font entreprendre ce livre. Je suis un fils en deuil et j'écris sur une mère qui a perdu son fils. Je peux faire parler Armelle parce qu'Armelle c'est moi, la personne qui reste quand l'autre s'en est allée. Je peux aussi donner voix à Bélhazar, parce que je suis un fils touché par la mort.

Je colle au-dessus de mon ordinateur la photo de toi marchant sur la plage de Poé.

Je ferme les yeux et imagine le petit port de Dinan, ses pavés humides et inégaux. Je me plonge dans cette nuit. Où tout a commencé.

J'arrive, Bélhazar, je reviens sur tes pas.

13 rue de l'Éternité

Le samedi 12 février 2013 au soir, tu rentres chez toi. Rémy, un garçon de ton âge, t'accompagne. Il y a un troisième larron, Jordan, très gentil, un peu plus jeune, dans les quinze ans. Tu as passé l'après-midi au club de tir. C'est la seule façon qu'on ait trouvée pour contrôler ta passion des armes. Tu les aimes, Bélhazar, les armes. Mais sans esprit belliqueux. Tu es attiré par leur beauté d'automate, leur perfection d'horloge. Tu fais partie de ces enfants qui n'ont jamais regardé un jouet sans le démonter.

Quelques mois plus tôt, avec ton père, tu as visité l'école d'armurerie de Liège. Tu en es ressorti comme ivre. Ce sera ça et rien d'autre : devenir un armurier expert. À cela s'ajoute ta passion pour l'histoire, la Première Guerre mondiale surtout, et c'est peut-être pour ces raisons que tu portes sur toi, ce soir-là, un pistolet Ruby 7.65. Celui qui armait les officiers français en 1915.

Vous rentrez chez vous, tous les trois. Dinan est une ville de taille moyenne, avec un centre plutôt joli et une périphérie sans âme. Un coin tranquille comme il y en a beaucoup en France. Mais à bien y regarder, Dinan nourrit dans ses flancs une part de violence, avec ses quartiers dépeuplés où fleurissent les faits-divers. Ta mère et toi vivez près de l'un d'eux.

Il est 23 heures et vous longez le port en venant de Lanvallay. Vous traversez le pont par la rue du Petit-Fort. Ta mèche de cheveux te barre la moitié du visage. Tu portes ton long manteau de tweed et tes bottes de cuir. Tu as mis une chemise blanche. Tout autre jeune que toi semblerait déguisé. Toi, tu ressembles à un pirate, à un vieil homme sage ou à un poète romantique. Rémy et Jordan t'admirent.

Tout près de chez toi, rue de l'Éternité, il y a un vendeur de kebabs qui ferme tard le samedi. Vous avez décidé d'en manger un avant d'aller vous coucher. Pourtant, tu le sais, il y a ce pot-au-feu, ton plat préféré, qui t'attend à la maison. Toute la soirée, tu le garderas dans un coin de ta tête. En témoigne un SMS envoyé à ta mère à 21 heures : *Le meilleur plat du monde !* Si tu t'écoutais, tu quitterais tes potes, tu abandonnerais l'idée de ce sandwich que tu trouves dégoûtant, et tu rentrerais plonger ta fourchette dans la marmite. Mais il y a chez toi un sentiment qui dépasse ton amour de la bonne chère. Pour un ami, ou tout simplement pour quelqu'un qui t'aurait touché par un détail, un simple mot, tu peux annuler un rendez-vous, vider ton porte-monnaie ou te jeter dans les pires aventures. Ce n'est pas de la générosité, c'est bien au-delà.

Tout en longeant le quai, je t'entends qui dissertes sur tout et rien. Rémy et Jordan, incapables de te donner la réplique, t'écoutent. Juste après le vieux pont, vous remontez les pentes raides qui mènent au centre-ville. Une ascension d'une dizaine de minutes, sans aucun réverbère. Là, vous croisez une bande. On pensera d'abord que ce sont des clochards. Il y en a beaucoup, dans les parages. Des Bretons, des Serbes, des hommes dont on a perdu l'origine. Ils vivotent autour du couvent des Cordeliers, boivent une piquette à vous trouer l'estomac, invectivent les passants. Ils ont la haine et l'alcool mauvais. On croit d'abord que ça vient d'eux, parce qu'à partir de ce moment-là les faits commencent à se brouiller.

Les clochards du coin, tu les as déjà rencontrés. Quinze jours plus tôt, avec ton père, au même endroit. Yann te ramenait d'un week-end à Perros-Guirec. Sa voiture est immatriculée à Paris, il y travaille encore.

— Enculé de Parisien, file ton fric !

Une belle voiture, la Mercedes, qui affiche quatre cent mille au compteur, et avec laquelle vous avez sillonné l'Europe entière. Ton père l'avait achetée à l'époque où il travaillait pour la télévision... ou bien celle où il vendait du bois pour le papier, partout en France ?... Tout ce passé est si loin, comme Yann, le pur Breton de Saint-Brieuc, est très loin d'être un Parisien, mais les clodos s'en foutent et ils tapent sur la voiture.

— Enculé, sors !

Se faire agresser avec son père à ses côtés est une épreuve traumatisante. On en ressort brisé, sans même avoir pris un coup. À moins que le père en question ne descende de voiture et ne casse la gueule au type. Ce qui est très beau, mais qui arrive rarement. Yann n'est pas grand. Il n'est ni un pleutre ni un bagarreur. Il a beaucoup voyagé et il sait flairer les situations limites. Il sent qu'il doit protéger son fils, il verrouille les portières de l'intérieur. Mais en attendant que cela se tasse et que les ivrognes aillent promener ailleurs leur colère avinée, tu as le temps de réfléchir, et tes pensées ont à peu près l'allure de celles de saint Michel terrassant le dragon. Tu t'imagines sortir de la voiture et les mettre en fuite par ta seule présence. Rester à ne rien faire est une humiliation d'autant plus cruelle que tu la partages avec ton père. Tu as le temps de te dire que plus personne ne te fera subir cela. Parce que tu ne connais pas la peur. C'est bien simple, elle n'entre pas en toi, elle ne coule pas dans tes veines. Parce que tu es Bélhazar, un chevalier qui ne craint pas la mort.

Pour moi, cela ne fait aucun doute. Cette agression par des SDF est la raison pour laquelle, quinze jours plus tard, lorsque éclate la bagarre à Dinan, tu portes sur toi une arme. Je pense qu'elle n'est pas là pour te défendre. Les coups, tu les accueilles avec ton sourire calme. Avec ce pistolet, ce n'est pas toi que tu protèges.

Ce soir-là, il ne s'agit pas de SDF, mais plutôt d'une bande de jeunes du coin. Ils sont une petite dizaine, avec à leur tête un ancien footballeur, qui grossit depuis qu'il a abandonné ses rêves de gloire sportive, et une fille qui ne le trouve plus si beau. Ils ont bu, ils ont fumé, ils s'ennuient.

D'après la version des gendarmes, tu aurais commencé par jeter des cacahuètes sur le costaud de la bande. « Je vais te casser la gueule ! » lance-t-il, pensant te faire fuir. Mais tu te dresses devant lui.

Empoignade. Ton flegme exaspère le type, qui te prend à la gorge. Peu de résistance. Tu fais partie de ces sauveurs de l'humanité qui ne savent pas se battre. Tu reçois un coup de poing dans la figure. Tu souris encore. Les mots qui sortent de ta bouche, précis, élégants, le rendent encore plus fou. Avec tes copains, vous allez être réduits en bouillie. Rémy est attrapé par le col. Il va se faire casser la gueule. Son regard croise le tien. Il semble dire : « Fais quelque chose… un miracle ! »

Soudain, on entend une détonation sèche.

« Un coup en l'air pour faire s'éparpiller la volée d'étourneaux ! »

La phrase est de toi. Elle porte ton sceau. Le coup de feu aussi.

Les *étourneaux* s'envolent vers le centre-ville. On entend les cris plus aigus de la fille. Puis, il y a un instant d'hésitation, comme si le silence avait du mal à se refermer sur la détonation. Tiré en direction du ciel, ce premier projectile n'atteindra personne, que la vérité.

Encore dix minutes et vous reprenez votre souffle devant l'entrée de ton immeuble, 13 rue de l'Éternité. Il est minuit passé. Vous avez acheté vos kebabs et vous restez à flâner sur le trottoir, devant l'abribus. Vous devriez rentrer chez vous, mais l'adrénaline bouillonne encore. Tout en plongeant tes crocs dans la chair molle du sandwich, tu racontes une nouvelle fois en riant l'événement de la soirée en te donnant le rôle du sauveur. Rémy et Jordan sont contents de partager ce moment avec toi. Ils t'aiment, parce que tu t'habilles élégamment, que tu choisis bien tes mots, que tu en connais des milliers, que tu as voyagé tout autour de la terre. Pour eux, tu es un gars comme on en rencontre qu'un seul dans l'existence. À tes côtés, ils peuvent dire tout ce qui leur passe par la tête. Toutes les choses qui sortent d'eux, bancales, tu les redresses. Tu donnes des mots aux pauvres d'esprit. Et des idées claires à ceux qui étaient embrouillés. Tu réponds à la laideur par l'élégance et à la violence par la douceur. Mais tu as ton pistolet dans la main. Tu n'es pas que douceur. Tu es aussi épée.

À minuit trente, vous avez fini vos sandwichs. On le sait car on retrouvera de l'oignon dans ton estomac. Jordan monte sur son scooter, qu'il avait garé là, et rentre chez lui. Avec Rémy, vous discutez. De quoi ? De la bagarre, des hasards, des riens. Bélhazar, toi le jeune homme si profond, tu sais être superficiel comme un aristocrate. Vous bavassez encore un peu, tant est puissante l'inertie de la conversation entre deux ados. Vers 1 heure, ils sont prêts à se dire au revoir. Tu envoies un SMS à ta mère pour lui signaler que tu vas rentrer. C'est à ce moment-là que des lumières bleues éclaboussent les murs du couvent des Cordeliers, vaste édifice religieux qui abrite ton lycée. Bruit mourant de la sirène. Claquement de portières.

Vous vous tenez devant le parking où ta mère range sa voiture. L'endroit est enclavé, protégé des regards. Je t'imagine plutôt calme. Tu es devant chez toi. Il y a peut-être, à cet endroit précis, l'idée d'un territoire à défendre. Derrière vous, la rue où le vent s'engouffre, emportant au loin les éclats de voix.

Les gendarmes sont trois. Cela commence par un simple contrôle d'identité, mais en réalité ils viennent t'arrêter. Tu as commis un délit. Tu as tiré un coup de feu avec une arme pour laquelle tu ne possèdes pas de permis. Et ils te reprochent autre chose. Cela, personne ne le sait, sur l'instant. Ils vont t'arrêter pour des raisons qui leur échappent, parce que tu es élégant et drôle, unique et courageux.

Que se passe-t-il dans les dix minutes qui suivent ? L'histoire se fragmente. Chacun, dès lors, imaginera sa propre version.

Dans quelques instants, un nouveau coup de feu éclatera. Dans une heure à peine, Armelle t'enverra un SMS, sans réponse, puis un deuxième. Elle se souviendra avoir entendu, en fin de soirée, venant de la ruelle qui monte du port, des « gloussements de voix de fille », et se dira que cela ne peut pas être toi, car tu n'es pas avec une fille. Elle le saurait.

Ta mère ira se coucher en oubliant de mettre le pot-au-feu au frigo, se relèvera, voudra descendre en robe de chambre pour jeter un œil, puis se ravisera. Tu es un fils responsable. Tu aurais prévenu. Elle tentera de dormir. Combien d'heures ? Une ? deux, peut-être ? Se tournant et se retournant, dans ce demi-sommeil de louve, elle s'apprêtera à t'envoyer un nouveau message quand son geste sera arrêté, sur les coups de 4 heures du matin, par la sonnerie de la porte d'entrée.

Voilà pour les faits que j'ai récoltés. Voilà pour ta mort, Bélhazar. Une succession d'instants à laquelle il manque une unité, une trame. Qu'y a-t-il, dans cette scène, qui saute aux yeux, et que je ne vois pas ? Une numérologie un peu trop clinquante ? Le chiffre 13 qui se répète ? La rue de l'Éternité, le couvent des Cordeliers, la montée vers Dinan : ton Golgotha ? Je ne sais pas quoi en faire. Je sens planer dans cette affaire un parfum mystique avec lequel je ne suis pas à l'aise. Quand je me penche sur ton dernier soir et que je m'absorbe dans la scrutation des détails, je me dis qu'il manque un élément, que je ne regarde pas là où je devrais.

Prenons ces dix minutes de contrôle d'identité. Tout se passe à peu près bien jusqu'à ce que tu partes en courant. Tentes-tu d'échapper aux flics ? Bien sûr que non. Trois gendarmes t'entourent, avec leur bagnole qui te barre le passage. Tu sais que tu n'as aucune chance. Je crois qu'à cet instant, tu es pris d'un doute, une peur fulgurante de te retrouver seul. En prison ? Non, tu sais que tu n'y iras pas. À moins que ce doute n'ait injecté tant de poison dans tes veines que tu commences à paniquer… Tu veux jeter ton pistolet dans un fourré. Tu es très pointilleux sur la question des lois. Tu as commis deux actes illicites : se balader avec une arme sans permis et tirer un coup de feu en l'air. Tu vas devoir payer pour ça. Combien ? C'est le calcul que fait ton cerveau en surchauffe. Une lourde amende, un rappel à l'ordre. Au pire, du sursis. Rien de trop grave, donc. Mais pour l'école d'armurerie, en revanche, c'est foutu. Voilà la raison de ta peur et, consécutivement, de ta fuite. Parce que l'école d'armurerie, tu y tiens vraiment. Alors tu tentes le tout pour le tout. Une action désespérée, comme les adolescents en sont capables : *Je pars en courant, je jette l'arme, je dis que c'est pas moi.*

Ce n'est pas très futé ni très glorieux, et c'est ça, justement, la marque de la vérité. À partir de là, on voit bien l'un des gendarmes qui te court après, te rattrape facilement, te ceinture, te plaque contre la voiture. Tu venais de sortir ton Ruby pour le jeter, la torsion du bras amène le canon jusque derrière l'oreille et le coup part.

Si c'est ainsi que les choses se sont passées, alors les gendarmes ont un problème. Tu es mort dans les bras d'un flic. Tu es mort *parce que* les bras d'un flic. Il n'y a pas d'intention de tuer, dans le geste du gendarme. Mais il y a ce geste. Et sans lui, il n'y a pas de coup de feu.

Et puis, dans leur procès-verbal, les gendarmes diront que le troisième d'entre eux, celui qui est réserviste et qui se trouve là parce qu'ils sont en sous-effectif, celui-là déclare qu'il a aidé le premier à te ceinturer. Où est-il vraiment, ce troisième gendarme ? Que fait-il à cet instant précis ? A-t-il sur lui un bâton électrique, comme le pense Armelle ? Est-ce la raison pour laquelle ton bras se convulse et se tord, provoquant la pression sur la gâchette ? L'arme que tu portes pèse plus d'un kilo, chargeur compris. Ce n'est pas léger, tu n'es pas très costaud. Je ne comprends pas comment tu peux la ramener derrière ton oreille et faire feu. Je ne te trouve aucune raison de faire ce geste précis, à ce moment-là. Et je ne vois aucun scénario qui pourrait y mener. Hormis celui de la maladresse policière.

C'est pourquoi, dans les heures qui vont suivre, les gendarmes et le procureur vont avancer leurs pions de manière très prudente. Je ne suis pas en train de dire qu'ils mentent, ou qu'ils inventent la version qui leur convient, je dis que la vérité est une construction comme les autres. Une manière de mener le récit. Je dis que, lorsque l'on a décidé de faire parler les faits, ils ont tendance à dire n'importe quoi.

Et c'est exactement ce qu'ils vont faire.

Tu as tiré le coup mortel avec ta propre arme. Ça ressemble à un suicide, non ? Allez, encore un détail supplémentaire pour faire basculer la vérité du *bon* côté, celui qui arrangerait tout le monde ? Un indice qui fera voir la scène selon cet angle unique. Cet indice, ils vont le trouver. Sur ton corps. Tu leur as fait ce cadeau.

Nous verrons ça plus tard, dans quelques jours, car je remonte chronologiquement le fil de la soirée et, pour le moment, nous n'en sommes qu'aux environs de 1 heure du matin. Tu gis sur le trottoir.

Branle-bas de combat chez les forces de l'ordre. Panique. Coup de fil au procureur, qu'on réveille. Il comprend tout de suite. Son rôle est de se déplacer sur les lieux. Il débriefe les gendarmes et comprend que cette histoire pourrait très vite dégénérer. Alors, avec le chef de la gendarmerie, ils vont faire quelque chose qui sort de leurs habitudes. Quelque chose de très pénible et qu'ils n'ont pas à faire eux-mêmes. Quelque chose qui interpelle.

Qui peut sonner, à cette heure-là ?

Elle se lève, et ses gestes lui paraissent étrangement mécaniques. Elle passe devant la cuisine, lit l'heure à la minuterie du four. 04 h 04. Sur la table, elle jette un coup d'œil au pot-au-feu. Elle se dit qu'il ne devrait pas rester dehors, toute la nuit, qu'il faut le mettre au frigo, les légumes ça tourne vite. Elle avance dans le noir, resserre sa robe de chambre autour de sa taille. Elle a envie de fumer une cigarette. *Cela ne peut pas être Bélhazar, il a sa clef. À moins qu'il ne l'ait perdue…* Elle ne sent plus ses jambes. Le carillon de la porte a shunté le réseau nerveux qui la relie au monde. Tout est mou à l'intérieur. « Vers 1 heure, j'ai failli sortir. Je sentais quelque chose. Je me suis même dit *Je vais voir, tant pis si je suis en robe de chambre*. Quelque chose m'a retenue. » Elle s'en veut d'avoir écouté cette voix. Elle est restée dans son lit, a envoyé un SMS : *Si tu as un problème réponds et reviens vite*, et s'est recouchée, allongée plutôt, enroulée dans ses draps d'insomnie. Elle est restée entre deux eaux, jusqu'à ce que la sonnette déchire la mince couverture de sommeil.

De l'autre côté, sur le palier de son immeuble, il y a un monde vide qui l'attend. Ouvrir la porte, c'est accepter de faire entrer ce monde dans le sien et ne plus jamais en sortir.

Elle regarde par le judas et voit la tête déformée d'un inconnu. On dirait un expert-comptable de film comique. Elle a immédiatement envie de l'affronter. C'est le piège. Elle l'ouvre.

Un homme, le procureur, la trentaine, long, presque chauve, de ceux qui, foutu pour foutu, se rasent le crâne aux premiers signes de calvitie. Des yeux trop clairs de poisson froid. À ses côtés, un autre homme. Un capitaine de gendarmerie. Plus charnel, davantage sujet à l'émotion. Il s'est placé à l'arrière avec l'intention d'y rester. Et enfin, une femme, gendarme, une gradée elle aussi. Elle ne va rien dire, mais elle est là pour rassurer, parce qu'il peut y avoir un moment où elle seule sera en mesure de parler à Armelle. Comme lors d'une fouille au corps, il faut une femme.

— Vous êtes la mère d'Antoine Jaouen ? Nous avons une terrible nouvelle...

J'imagine qu'elle ne leur pose pas de questions. Le drame s'annonce souvent par une espèce de certitude intime. Ils entrent. Où apprend-elle la *nouvelle* ? Je n'en ai aucune idée. Sur le palier ? Dans le froid couloir où l'on suspend les manteaux ? Assise au bord du canapé du salon ? Elle voit la bouche du procureur qui s'ouvre et se ferme, laissant échapper des mots horribles. On pense qu'elle n'aura qu'une façon de réagir : elle va hurler et lui griffer le visage. Non. Elle est vitrifiée. La peine va se loger tout au fond, dans un endroit dont elle ne ressortira qu'au moment voulu. Et tous les hurlements, toutes les poussées de violence fiévreuses s'arrêtent net dans les transmetteurs cérébraux. À ces trois messagers de mort, elle présente un visage fermé. Elle se recouvre de glace. Son cerveau se concentre sur les détails que lui livre le procureur. Y a-t-il du déni, à cet instant ? Oui. Bien sûr que oui. Comment n'y en aurait-il pas ? Car tout ce que vont dire ces trois personnages, bien sûr, est faux. Elle a vu flotter sur leurs lèvres le tremblement du mensonge. *Que fait un procureur chez moi, à 4 heures du matin ? Vous vous foutez de ma gueule ?* Elle ne dit rien. Seuls ses yeux parlent.

Elle leur indique le canapé, prend place dans le fauteuil en face. Elle sort un carnet, un stylo. Elle allume une cigarette. Elle va la terminer en trois ou quatre bouffées. La fumée lui sort par les narines. La prunelle de ses yeux est injectée de sang. La colère veut prendre les commandes. La peur aussi. Mais elle les maintient encore à distance. Je crois que pour elle, à cet instant, son fils est simplement perdu. Il est quelque part, dehors, il faut le retrouver. Et pour ça, elle doit recueillir toutes les données. Si elle cédait à la colère, ou à la peur, elle pourrait passer à côté d'un détail. Il lui faut rester froide pour répondre à cette seule question : Où est Bélhazar ?

Le procureur parle d'une voix blanche. Ce n'est pas la première fois qu'il doit se livrer à cet exercice, cela *fait partie du métier*. Mais il a l'air gêné devant cette femme qui note chacune de ses phrases. Très vite, il s'interrompt. « Pourquoi écrivez-vous ça ? » Il se tourne vers le capitaine de gendarmerie pour savoir s'il ne lui viendrait pas un point de loi qui interdise de prendre en notes les propos d'un procureur. Mais non, rien. La loi n'a pas pensé à encadrer les réactions d'une mère qui vient de perdre son fils.

— Le décès est survenu aux alentours de 1 heure du matin.

Armelle encaisse. Elle pourrait très bien s'écrouler sur le sol ou partir en courant vers l'escalier, à la recherche de son fils. Mais elle sent quelque chose.

— Où est-il ?

Le procureur regarde le capitaine. Il prend un temps pour respirer profondément.

— À 23 h 30, la gendarmerie a été appelée pour une altercation dans le centre-ville. Des témoins ont entendu la détonation d'un coup de feu. Quelques instants plus tard, les gendarmes dépêchés sur les lieux ont contrôlé deux individus dont le signalement correspondait à ceux repérés plus tôt. L'un des deux s'est enfui. Les gendarmes, sans faire usage de leurs armes, et ce point-là est très im-por-tant (*il appuie sur chacune des syllabes*), l'ont rattrapé et ceinturé. Ils n'avaient pas remarqué qu'il détenait une arme de calibre 7.65. Le coup part. Il est mortel.

— Où est-il ?

— C'est votre fils qui tenait le pistolet.

Le procureur se rassoit au fond du canapé. Il dit :

— Voulez-vous que je fasse une pause ?

— Non, je veux savoir où il est.

— Vous le verrez, je vous l'assure. Vous êtes sûre que vous ne voulez pas faire une pause ?

La prochaine fois qu'elle demandera une pause, ce sera dans très longtemps.

Le procureur essaie de reprendre son souffle pendant qu'Armelle part faire du café. Le tragique, c'est son métier. Et les questions qui entourent les circonstances du décès, son pain quotidien. Ce n'est pas ça qui l'inquiète. Alors pourquoi ne dévoile-t-il pas le lieu où se trouve le corps de Bélhazar, c'est-à-dire juste en bas de l'immeuble ? Cherche-t-il à gagner du temps ? S'il donne cette information à la mère, il ne pourra plus la retenir. Il lui faut d'abord mettre tout en place. Le récit. La version officielle. Mais il a gardé un as dans sa manche. Quelque chose de terrible. Le coup de grâce. Il attend le moment pour abattre cette dernière carte. Il hésite, ce qui n'est pas dans sa nature.

Le gendarme prend la parole. Enfoncé dans le canapé, le procureur peut enfin balayer la pièce d'un coup d'œil. Le contour des plantes grasses se dessine dans les lumières de la nuit. On se croirait aux abords d'une jungle. Au fond, du côté salle à manger, un empilement de dessins d'enfant. Des livres un peu partout, des objets hétéroclites posés sur les meubles. Il s'arrête sur un tableau représentant un gros lapin réalisé avec des timbres-poste. Un mélange de candeur et de maîtrise. Il est parcouru d'un frisson. Il met cela sur le compte de la fatigue.

Le gendarme s'est arrêté de parler depuis une minute ou deux. Le procureur ne s'en était pas rendu compte. Silence pesant. Depuis combien d'heures sont-ils là, maintenant ? La nuit blanche se déroule lentement. On dirait qu'ils hésitent à partir. S'ensuit une conversation telle qu'on ne peut pas l'inventer, que j'ai retrouvée griffonnée sur l'un des carnets d'Armelle. Elle pense encore que le drame a eu lieu vers le port, là où rôdent les poivrots du quartier. Un grand malheur, ça se passe forcément loin de chez soi. Elle voudrait en avoir le cœur net. Alors elle demande :

— Est-il visible ?

— Non, pas encore.

— Je veux le voir.

— La zone de crime n'est pas encore accessible.

— Dites-moi où il se trouve.

— C'est impossible, pour le moment.

J'imagine que la colère progresse à cet instant-là. Elle va sortir de ses gonds. Mais elle insiste :

— A-t-il l'air paisible ?

— Il a reçu une balle dans la tempe. Je ne sais pas... Mais oui, je crois.

Elle se rassoit au fond de son fauteuil. Les trois représentants de l'ordre sont exténués. Elle voudrait reprendre une nouvelle fois le fil des événements. Le procureur est contre. Un magicien ne refait jamais deux fois le même tour.

Aux environs de 5 heures, Armelle appelle Christian, son ami. Ils viennent de passer des vacances en Martinique ensemble, avec Bélhazar. Christian est notaire à Saint-Brieuc. Il connaît mieux qu'elle les ressorts de la justice. Elle lui passe le procureur. Il me dira plus tard, à l'aube du 13 février, alors que son propre fils est à l'hôpital pour une appendicite et qu'il n'a quasiment pas dormi, que ce coup de fil lui a laissé un sentiment de malaise. D'après le ton de sa voix, le procureur est ennuyé par cette nouvelle conversation. Il n'a aucune envie de répéter son récit au téléphone. C'est pourtant le moment qu'il choisit pour parler à Christian d'un élément déterminant.

— On a retrouvé dans le portefeuille du défunt un testament. Cela explique bien des choses.

— Quelles choses ?

— Je ne peux rien dire de plus pour l'instant, j'ai besoin de temps pour l'analyser, mais je pense que cette lettre peut expliquer la mort de ce garçon.

Christian raccroche. Le procureur lui a demandé de ne pas encore en parler aux parents. Le notaire a accepté, mais il a un mauvais pressentiment.

À 6 heures du matin, Yann entre dans l'appartement. Il est venu dans la nuit, depuis la maison d'amis où il passait la soirée, près de Perros-Guirec. Il serre la main du procureur puis celle du capitaine. Les mots, les gestes n'ont aucune valeur. Foudroyé par l'éclair brûlant qui lui est tombé dessus, Yann s'assoit en face des deux hommes. Inutile de décrire son émotion, ce serait comme chercher les traces d'une tempête sur la surface d'un menhir. Il se frotte les yeux.

Le procureur, aidé par le capitaine, répète une nouvelle fois son récit. Chaque mot compte. La mère est là, qui guette la faille. Avec le père, ça va un peu mieux, alors on se concentre sur lui. Le capitaine parle à son tour. Il est effondré. Il a des enfants, lui aussi. « Vous pouvez m'appeler à n'importe quelle heure du jour et de la nuit. » Ils n'en feront rien, bien sûr, mais il est important d'entendre ces mots qui sont un premier signe d'humanité. Ce n'est pas une reconnaissance de torts, il n'y en aura jamais.

Le jour se lève derrière le rideau de plantes grasses.

Les trois messagers se lèvent et s'en vont enfin. Le procureur n'a rien dit de l'endroit où se trouvait Bélhazar. D'ailleurs, il ne s'y trouve plus. Il a été transféré à la morgue.

Pour Armelle, il n'est toujours pas mort. Il ne le sera pas tant qu'elle n'aura pas vu le corps, et elle ne le verra que trois jours plus tard. Trois jours. Et même après cela, il ne sera pas mort avant que la voix qui hurle en elle ne lui dise : « *Ça y est, cette fois, c'est la vérité. Voilà comment les choses se sont passées. Tu peux pleurer, maintenant.* »

Et même après cela…

Vers 9 heures, Yann et Armelle rentrent de l'église où ils sont allés mettre un cierge, le plus gros possible. Ils passent par le parking, dans le matin glacial. Arrivés dans la rue, en bas de l'immeuble, des cordons de scène de crime barrent le passage. À terre, du sang et de la sciure. Les gens de la voirie s'activent. Il y a là quelques badauds qui vont à la messe, à la boulangerie, à Dieu sait quel endroit où l'on se rend le dimanche matin, mais certainement pas devant le sang séché de son fils. Le couple s'avance. Aucun des deux n'ose franchir le cordon. Ils restent figés, sans pouvoir détacher le regard de l'épais liquide noir aux reflets carmin auquel se mêlent les copeaux.

Armelle et Yann restent encore, groggy, devant le personnel de la ville qui termine de nettoyer la chaussée. Un vent glacial s'infiltre sous les vêtements. Une femme se tient à leurs côtés. Elle les regarde. Elle esquisse un mouvement vers eux. Peut-être va-t-elle leur poser une question ? Leur demander s'ils sont des proches de la victime. Elle se ravise. Armelle et Yann sont devenus des gens avec qui il est préférable de ne pas entamer la conversation.

Peu après, ils remontent dans l'appartement. Quelques paroles banales, quelques murmures. Ils font connaissance avec leurs habits de deuil, leur vie de parents sans repos.

Dans la journée, Armelle s'occupe de ses plantes, qui n'en ont pas besoin. Elle se rend dix fois, cent fois dans la chambre de Bélhazar. Elle commence à ranger son désordre et soudain elle s'arrête, comme si elle venait de commettre un sacrilège. Elle remet tout en place. Sort de la pièce en refermant délicatement la porte.

De retour chez lui, à Saint-Brieuc, Yann passe le plus clair de la journée les mains dans les poches. Il pourrait aider Armelle, comme il continue à le faire depuis leur séparation. Mais l'aider à quoi ? Il préfère attendre son coup de fil. Elle saura toujours lui faire signe. Ce qu'il aimerait par-dessus tout, c'est rouler au volant de sa voiture. Il voudrait une raison pour partir. Depuis des années, c'est Bélhazar qui la lui donne.

Il pense à leurs week-ends en Suisse, aux vendredis après-midi, à la sortie du collège, quand il garait la Mercedes sur le trottoir d'en face. Les collégiens s'arrêtaient pour l'admirer. À cet instant-là, Bélhazar savait que le démon de la route avait repris Yann. Le père mettait le contact et le fils prenait les commandes. Il était sûr de trouver, dans le coffre, sa mallette de voyage, avec son carnet de dépenses, ses jumelles de turfiste et sa collection de billets de banque du monde entier. Il y avait aussi le matériel de pique-nique pour les haltes le long des départementales. Quelque part, sur la plage arrière, entre les Petits Amis et les manteaux d'hiver, une grosse boule blanche, sa lapine, Marguerite. Bélhazar avait, de longue main, tracé l'itinéraire, prévu les pauses dans des endroits remarquables, budgétisé les repas et les nuits d'hôtel.

Cette petite excursion représentait au bas mot deux mille kilomètres aller et retour. Beaucoup trop pour un week-end. Et alors ? Yann aimait conduire, de jour comme de nuit. Avec Bélhazar, ils ne ressentaient pas la fatigue de la route. Ils se laissaient bercer par les amortisseurs. Comme ils n'avaient pas de téléphone portable, personne ne pouvait les atteindre. Ils s'en allaient, côte à côte ; ils regardaient dans la même direction.

Au bout de mille kilomètres de rires et de jeux, ils descendaient au *Grand Hôtel des Rasses*, à Sainte-Croix. Un endroit chic, dans un parc arboré, avec la chaîne des Alpes en toile de fond. C'était devenu leur petit luxe, eux qui voyageaient toujours à l'économie et pouvaient dormir à la belle étoile. Pourquoi Bélhazar aimait-il autant la Suisse ? Peut-être à cause de l'ordre et de la propreté. Comme bon nombre de fantaisistes, il aimait la rigueur. J'y ajouterais la pureté des paysages alpestres et les fleurs de montagne.

Yann, en ce dimanche 13 février, pense à la Suisse et à tous les autres voyages. Il pense à l'ineffable présence de Bélhazar et à son absence tout aussi peu réelle. Il erre dans la maison. Que se passe-t-il lorsque l'on vient d'apprendre la mort de son enfant ? Je ne lui ai pas demandé. Je n'ai pas envie d'écrire la scène où il s'effondre en larmes ni celle où il entre dans la chambre de Bélhazar et suffoque et crie. Comme Armelle, je l'imagine, anesthésié par la souffrance, à l'image de ces soldats incapables sous le feu de dire s'ils sont ou non blessés. L'absence d'un membre, plus tard, leur apportera la réponse. Mais le moment n'est pas à la douleur. Il est à celui du goût métallique de la solitude au fond de la gorge.

Toute la journée, le temps s'étire. Il le passe à penser, à moins que son cerveau n'en puisse plus et ne tourne à vide. Il reste prostré dans la cuisine, tandis que tout ce qu'il avait bâti s'enfonce, inexorablement, dans le passé. Baisse-t-il les bras ? A-t-il peur de se dresser, comme va le faire Armelle, contre les gendarmes et contre la justice ? Non. Il est ailleurs. Il ne se bat pas contre la réalité, il l'accompagne du regard. Il est une sentinelle. Ce n'est pas lui qui partira en guerre, mais c'est lui qui la verra arriver. Lui qui veillera sur le monde de Bélhazar, familier de la vie foisonnante de son fils.

Cependant, Yann ne cesse de se poser une question, et je me la pose à mon tour : Que faisait un gamin de dix-huit ans avec une arme dans la main ? Pour les parents, c'est le point d'achoppement, le moment de crispation où l'un et l'autre se renvoient la responsabilité. Bélhazar n'avait pas à se promener avec une arme sur lui. Pourquoi avait-il une arme ?

Dès le coup de fil d'Armelle, dans la nuit, Yann a compris que ce pistolet leur serait toujours reproché. À l'âge où son fils vient de mourir, il baroudait en Amérique du Sud, dans les Caraïbes, en Afrique, dans ces coins du monde où la fatalité fait office d'assurance sociale. Ce qu'il en a retiré, c'est que le danger est partout, qu'il frappe à l'aveugle. Qu'il ne faut pas trop aller le chatouiller. C'est pour ça qu'il s'oppose aux fusils et aux pistolets. « Jamais d'armes chez toi », lui avait dit son vieux père. Mais avec Bélhazar, ce n'est pas possible. Son fils se montre obéissant pour presque tout, mais lorsqu'il veut quelque chose, il n'est plus question de le faire changer d'avis. Il ne fait jamais de caprice ; on lui accorde les armes.

Pourquoi ? Bélhazar est le garçon le moins agressif du monde. Peut-être s'agit-il d'une passion comme une autre, après tout. Il fera l'école d'armurerie de Liège. Ce n'est pas plus bête qu'autre chose, finalement. Yann a l'intuition que c'est un passage obligé pour son fils. Alors, va pour le club de tir. Au moins, cela lui apprendra à les maîtriser.

Bélhazar est inscrit au club de Dinan. Son directeur le décrit ainsi : « Bélhazar, c'est un jeune homme droit dans ses bottes. » Il voit débarquer chaque jour un tas de crétins qui viennent se donner l'illusion de la puissance une arme à la main. Des jeunes comme Bélhazar, très peu. Jamais. Bélhazar fait du tir sportif. Il participe à des compétitions et s'y comporte plutôt bien. Il est souvent en phase finale des championnats régionaux. Pas génial, mais très propre. Concentré. L'année suivant sa mort, le club aura cette élégance de créer le premier Challenge Bélhazar.

J'imagine que ce directeur, un ancien flic, rêvait d'apprendre le maniement d'un revolver ou d'une carabine à un gamin comme lui. Il est un maître d'armes. Cela inclut une certaine idée de la noblesse. C'est exactement ce que Bélhazar dira dans sa lettre.

Quelle lettre ?

Celle qu'il portait sur lui et que ses parents vont bientôt découvrir. Celle qui changera tout.

D'où vient le Ruby 7.65 ?

Armelle posera la question au directeur du club et ses réponses ne vont pas lui apporter plus de lumière. Le numéro de l'arme a été effacé. Elle est ancienne. Pas difficile à trouver, mais très complexe à entretenir. Encore plus à réparer. D'où cette autre question : Bélhazar était-il en lien avec des types qui se livrent à ce genre de trafic ?

La veille de sa mort, il va tirer deux cents euros à un distributeur de la ville. C'est à peu près le prix d'un Ruby sur Internet. Mais en l'occurrence, il sort l'argent en cash.

Pour qui ? Depuis longtemps, il achète toutes sortes de choses. Il collectionne les objets anciens. Il faut bien qu'il les trouve quelque part. Comme il n'a pas le permis de conduire, il se déplace virtuellement. Sur le Net.

Cette arme, peut-on la trouver sur la Toile ? Oui, bien sûr.

Se livre-t-il lui-même à un trafic d'armes, comme le déclarera bientôt le procureur ? Il adore passer pour un conspirateur. Il aime bricoler dans le fond de sa chambre des machines infernales dont on ne connaît pas l'usage, et tous ses profs l'ont vu vendre sous le manteau timbres et pièces dans la cour du collège. Il adore trafiquer, mais il n'est pas un trafiquant. Pas au sens où l'entend la justice. Plutôt comme un enfant qui joue.

Mais attendez... Ne serait-ce pas ça, que la justice lui reproche ?

Voilà, Bélhazar, où en sont tes parents en ce dimanche 13 février. Ils entrent dans un tunnel dont personne ne sait sur quoi il débouche. Armelle va se battre pour la vérité, Yann pour la mémoire.

Voilà où j'en suis, des années après, moi qui chemine à ta suite, sur ce sentier étroit que tu as tracé. Je découvre le foisonnement de ta vie créatrice. Tes tableaux, tes collages, tous les objets façonnés par toi, le musée vivant de ton quotidien, à Saint-Brieuc, à Dinan, à Bidart. Je ramasse les indices que tu as laissés derrière toi. Dans mon premier roman, j'ai écrit cette phrase : « Petit Poucet à rebours, il semait des cailloux pour qu'on le retrouve. » Elle était pour toi.

Pour le moment, j'essaie de comprendre ta mort. Cette nuit-là, à Dinan, rien n'a pu infléchir le cours du destin. Et pourtant, le moindre écart sur la courbe des événements, et tu étais sauvé. Les chances que tu avais de mourir ce soir-là étaient de combien ? Une sur cent ? une sur mille ? une sur un million ? Allez, un tout petit écart... un tout petit retard, comme tes parents en ont connu un, dans les Dolomites... Ils crient à l'injustice, mais dix-huit ans plus tôt ils remerciaient la chance. Par deux fois. C'était pourtant la même force aveugle qui conduisait le cours des événements. Celle-là même qui m'a sorti de la carcasse de la Toyota de mon grand-père. Cette chance qu'on a d'en réchapper, et qu'on n'interroge pas, parce qu'on n'a aucun besoin de réveiller les dieux quand la fortune penche du bon côté. Mais lorsqu'elle semble frapper sans raison, Bélhazar, est-ce le paiement d'une vieille dette ?

Pourquoi ai-je l'impression que ce jour de 2013, ton existence s'achève et qu'on n'y peut rien changer ? Pourquoi ai-je l'impression que ce 13 février, quelque chose a commencé ?

Ce que dit la langue noire

Vous tous à qui Dieu prit votre chère espérance,
Pères, mères, dont l'âme a souffert ma souffrance,
Tout ce que j'éprouvais, l'avez-vous éprouvé ?
Je voulais me briser le front sur le pavé (...).

Victor HUGO

Ils l'appellent la « promenade des cerises » : une petite départementale, en plein cœur du Pays basque, qui longe les fermes bordées d'arbres fruitiers. Au début de l'été, on n'a qu'à tendre la main pour déguster des *beltxa* juteuses. Bélhazar fait les choses autrement. Il se taille un bâton, assez long, avec lequel il assène des coups précis aux branches. Et les fruits tombent, en proportions bibliques. C'est au cours de ces balades que, d'Armelle à Bélhazar, se transmet la connaissance de la nature.

Une fois – c'est en été –, ils sortent d'Itxassou et se dirigent, les lèvres violettes, jusque sur les premiers contreforts du Mondarrain. Il fait 30 °C à l'ombre, à midi. Ils s'arrêtent devant une ferme. Il y a une femme dans la cour et un chien qui aboie. On s'observe. Armelle salue, la femme lui retourne le bonjour. On dit une chose belle et étrange, là-bas. On dit qu'au Pays basque il n'y a pas d'étrangers. Cela convient parfaitement au monde tel que Bélhazar le conçoit. Lui reste stoïque devant la femme et le chien. Armelle voudrait qu'il dise bonjour, au moins. Ne pas se montrer impoli. Beaucoup d'enfants sont comme ça, par timidité. Mais Bélhazar n'est pas timide. Alors Armelle est un peu gênée.

La femme leur lance :

— Vous devez avoir chaud. Vous voulez de l'eau ?

— Oui, merci. C'est très gentil à vous, répond Armelle.

Bélhazar ne dit mot.

La femme revient avec une carafe et des verres sur un plateau. Remerciements d'Armelle. Silence de l'adolescent.

Pendant une demi-heure, elles parlent des arbres et des fleurs. Armelle sait tous les noms latins, et c'est très intéressant pour la dame qui connaît les noms basques. Elles échangent un savoir plusieurs fois millénaire, puisé dans la nature, le laboratoire des femmes.

Pendant ce temps, Bélhazar a disparu. Il fouille les alentours. On trouve souvent des antiquités, au fond des granges. On le voit qui sautille, il paraît heureux mais n'a toujours pas prononcé le moindre mot.

Au bout d'un moment, Armelle demande à utiliser les toilettes. Quand elle revient vers eux, Bélhazar est devant le portail, prêt à partir. Armelle salue la femme, un peu en retrait. Elle tient dans le creux de ses bras un gros bouquet de fleurs sauvages. Armelle comprend qu'elle a suivi ses conseils en botanique. Bélhazar s'en va sans un regard, sans un mot. Sa mère est un peu fâchée, tout de même, cette femme était si gentille. Puis ils reprennent le cours de leur balade.

Cette scène s'est déroulée en juin 2012. Armelle revient l'année d'après, en pèlerinage. Elle veut revoir les lieux sacrés, et bien sûr la promenade des cerises. Elle passe devant la ferme. La femme est là, au même endroit, avec son chien qui aboie.

— Vous êtes la mère de Bélhazar, lui dit-elle en roulant les *r* comme des pierres au fond d'un torrent.

Armelle s'étonne. Elle ne se souvient pas d'avoir prononcé son prénom, et même si elle l'avait fait, elle se dit que cette femme possède une mémoire prodigieuse. Elle lui en fait la remarque. Elle ajoute que Bélhazar est mort.

La femme prend un temps pour analyser cette donnée. Elle intériorise la peine, comme le font les montagnards. Puis :

— J'ai toujours le bouquet de fleurs qu'il m'avait donné.

Le lendemain de la mort de Bélhazar, le lundi 14 février 2013, Armelle marche le long de la côte jusqu'à la pointe du Décollé. Un vol de bernaches se déploie vers le large. Des paquets de nuages anthracite s'amoncellent à l'entrée de l'estuaire. Le sentier serpente entre les bosquets d'épines où grouillent les lapins. Avec son fils, elle venait se promener le long des plages désertes. Bélhazar galopait derrière les petits culs blancs qui sautillaient dans les bruyères. Il vouait un culte aux rongeurs depuis qu'il avait reçu Marguerite pour ses dix ans. Elle était devenue la reine mère de ce peuple de peluches qui le suivaient partout, les Petits Amis. C'était elle qu'il avait peinte sous tous les angles. Il adorait venir par ici. La dernière fois, c'était le mois dernier. Une éternité.

Armelle avance à pas lents, devant la toile de fond d'un coucher de soleil orange. Elle arpente la croûte de rochers, les épaules voûtées. On dirait Hugo devant Honfleur. Sous les bruyères, les lapins pointent le bout de leur nez. Ils cherchent à savoir si Bélhazar est avec elle. Comme il reste invisible, ils ne lanceront pas leur sprint sur la grève. Ils préfèrent ne pas se montrer, et l'on jurerait qu'il n'y a pas le moindre signe de vie, tout au long de la promenade du couchant.

Armelle ne se sent pas très bien. Dans sa situation, n'importe qui trouverait cela normal. Mais cette fois, c'est plus grave. Sa bouche pâteuse, ses batteries à plat, elle qui a tant besoin d'énergie. Ce matin, elle a senti ses forces la quitter. Son corps accuse le coup. Elle n'y avait jamais prêté attention. Elle a toujours été bien faite de sa personne. Longue, élégante, pas de graisse superflue, un corps à vivre en maillot de bain. Si elle a grandi en Bretagne, la plupart du temps sous un ciré jaune, son véritable berceau, c'est la Nouvelle-Calédonie. Elle y a passé les cinq premières années de sa vie et y est retournée deux fois, avec Bélhazar. Caldoche davantage que bretonne. Elle en a conservé un corps d'îlienne. Celui qui donne aux filles la chance d'être belles sans avoir à y penser. Un corps d'extérieur. Forte de ce capital, Armelle a pu boire et manger sans retenue, initier son fils aux plaisirs de la table, faire assez peu de sport et croire, à l'orée de la cinquantaine, à une forme d'éternelle jeunesse. Son corps se tenait tranquille.

Mais cette fois, il a recouvré la parole et sa grammaire se résume à peu de choses : des cris et des bleus. Elle lui intime l'ordre de se taire. L'absence de sommeil a creusé un puits à l'intérieur de sa tête. Du fond de cet épuisement ont jailli des tremblements, des vertiges, des nausées, et cela semble fouiller encore plus profond la fosse dans laquelle elle finira engloutie. Elle le sait. À force de courage, elle réussit encore à dompter ce fauve tyrannique, la fatigue. Mais le corps ? Puisqu'on ne l'écoute pas, il a trouvé un moyen surprenant de se faire entendre.

Cela a commencé par une sensation dans la bouche. Une impression d'enflure, comme si la langue grossissait à l'intérieur et qu'elle allait bientôt occuper toute la cavité buccale, jusqu'à toucher la voûte palatine. Le corps, les mots : ça commence à ressembler à un rituel de sorcellerie.

Le corps dit : « Tais-toi et accepte. – *Jamais*. – Je vais lâcher. – *Et alors ? Jamais je n'accepterai*. »

Elle scrute l'horizon. Des bourrasques d'embruns collent sa robe à ses jambes. Elle doit se pencher un peu en avant. Parfois, son regard se pose sur une plante. Elle s'en approche, avance la main pour la cueillir, arrête son mouvement. Que lit-elle dans cette étendue de fleurs sauvages ? Tout. Une pharmacie à ciel ouvert. Elle se rappelle ces heures passées à former Bélhazar. Un élève doué. Il l'était en tout. Il caressait les fleurs, apprenait leur nom, leurs propriétés, récoltait celles que l'on peut manger. Le savoir de la nature se déposait en lui simplement. Elle lève les yeux et lance par-dessus les flots un cri de rage. Il lui brûle la langue au passage.

Armelle poursuit sa route sur le sentier sablonneux. Cent prunelles noires la suivent. Elle se penche pour ramasser une fleur de bruyère qu'elle frotte entre ses mains. Elle s'en pose délicatement sur la langue, là où elle a mal. La bruyère possède des vertus anti-inflammatoires. Mais ce dont elle a besoin, c'est d'une plante pour endormir ses pensées. Il en existe, elle les connaît. Elle sait recueillir l'angélique des bois, le millepertuis ou prélever en reculant l'« herbe aux sorcières », la verveine dont il ne faut jamais regarder les racines fraîchement arrachées. Elle ne les cueillera pas. Elle veut conserver intacte sa douleur.

Elle a de plus en plus de mal à déglutir. Son corps est couvert d'ecchymoses. Le médecin lui dit que cela vient du paracétamol qu'elle prend pour ses migraines. Elle arrêtera. Lutter est la seule chose qui la maintienne debout.

Quand même, elle ne s'attendait pas à encaisser tant de coups.

Le monde ne devrait-il pas se montrer plus tendre avec une mère qui vient de perdre son fils ?

La lande entend ses cris et les lapins se terrent.

Où est Bélhazar ?

Elle rentre chez elle à la tombée de la nuit. Le lendemain, elle a rendez-vous avec la Justice.

En général, la famille d'une victime n'a pas de raison d'être reçue par un procureur. À moins d'un élément nouveau. Dès la nuit du dimanche, Christian a essayé d'obtenir une rencontre, pour que les parents puissent poser leurs questions. Cette histoire de lettre-testament, dont il ne leur a pas encore parlé, l'inquiète plus que tout. Il a d'abord essuyé un refus.

« Vous ne pouvez pas laisser une famille dans l'incompréhension. Qu'au moins on nous explique ! »

Le procureur a fini par accepter.

Le mardi 15 février, à 9 heures, ils se retrouvent à Saint-Brieuc. Yann conduit. Il se gare sous les fenêtres des bureaux du parquet général. En sortant de la voiture, le regard de Christian croise, un étage plus haut, celui, furtif, du procureur qui les observe depuis sa fenêtre.

Christian l'a déjà rencontré, dans le cadre d'une réunion professionnelle pour améliorer le traitement des divorces. Il l'avait trouvé abordable, presque sympathique. Mais dès qu'il entre dans le bureau, il sent que le procureur a revêtu les habits de sa fonction. Il s'est drapé.

Ils s'installent, leurs questions prêtes. Armelle se contentera de hocher la tête. Avec sa bouche endolorie, elle ne peut s'exprimer correctement, et encore moins se défendre. Christian parlera pour elle. Quant à Yann, il est toujours sous le choc. À sa façon. C'est-à-dire qu'il lui arrive de décrocher de la conversation. Il n'a pas envie de se battre, ici, dans ce bureau, face à ce type trop rigide, tellement aux antipodes de lui-même. Il lui sourit. Il est le seul à le faire.

Il ne reste plus que Christian pour s'opposer au rouleau compresseur des faits. Ils sont venus afin d'entendre la vérité, mais savent bien que ce qu'ils vont écouter n'en sera que la version officielle. Comment s'y opposer ? Vu l'état d'Armelle, ils ont songé à repousser le rendez-vous, mais Christian le leur a déconseillé. On ne sait pas quand une nouvelle chance se présentera. C'est maintenant qu'il faut se battre. Dans une semaine, il sera trop tard.

Une fois les condoléances réitérées, le procureur se lance. Tout en plongeant le regard dans une liasse de documents, il reprend son récit, le déroule jusqu'à ces phrases : « Votre fils remonte la main, le canon pointé sur sa tempe.

Il presse la détente. Il meurt à une heure zéro zéro exactement. »

Armelle et Yann sont figés. Ont-ils bien entendu ? Il y a, dans cette manière de raconter les faits, un sous-entendu gênant. Christian l'a senti et il sait très bien ce que cela veut dire.

Armelle parvient à demander :

— Comment ça, « *remonte* la main… *presse* la détente… » ?

— Vous avez bien entendu.

Le ton du procureur est assuré. Légèrement triomphant.

Christian intervient :

— Vous êtes en train de dire qu'il se serait tiré dessus… *volontairement* ?

Le procureur fait mine de fouiller dans ses papiers, mais il sait très bien où se trouve ce qu'il cherche. Les parents attendent. Qu'est-ce que c'est que cette histoire, encore ? C'est tellement stupide que le procureur va relever la tête et dire : « Mais non, voyons, c'était une blague ! » Bon, une blague, peut-être pas, ce n'est vraiment pas le moment. Une méprise, alors. Oui, ça doit être ça… Ils suivent la main qui fouille dans les papiers. Ils reprennent leur souffle. Le procureur retire lentement d'une chemise une feuille chiffonnée. Il la glisse au bout de son bureau, sous leur nez, mais la garde pincée entre deux doigts.

— Reconnaissez-vous l'écriture de votre fils ?

Oui, c'est bien l'écriture de Bélhazar. Toujours la même encre du même stylo à plume. Pas de doute. Ils la lisent tous les trois, à tour de rôle, et tous les trois se sentent pris de vertige.

JE PORTE UNE ARME SUR MOI ET JE CONNAIS LES DANGERS QUI SONT LIÉS AU PORT D'ARMES. JE SAIS CE QU'IL POURRAIT ARRIVER ET JE DÉCLARE QUE, S'IL DOIT M'ARRIVER MALHEUR, CE SERA PAR ARME À FEU, DE LA MANIÈRE LA PLUS NOBLE, ET QUE MES PARENTS NE DEVRONT PAS ÊTRE TENUS POUR RESPONSABLES.

— Nous avons trouvé cette lettre dans son portefeuille !

La victoire se lit dans ses yeux.

— Je vous la fais voir à titre exceptionnel, poursuit-il, elle est dans les scellés. C'est pour vous montrer la vérité, même si c'est dur.

La vérité ? Plus question de « bavure » ou de « maladresse ». Un suicide. La voilà, la pièce à conviction tant espérée. Ils n'ont pas eu à la chercher longtemps, Bélhazar la portait sur son cœur.

Christian parle. Il cherche une faille dans laquelle se jeter. Il tente :

— Quand l'avez-vous trouvée ?

— Très vite. Dès les premiers instants.

Quelle importance ? Il se débat. Armelle ne l'entend pas. Elle est K-O. Yann sourit. L'idée l'amuserait presque. Si Bélhazar pouvait entendre ça ! Mais personne ne s'amuse, dans ce bureau.

Alors le procureur se fait psychologue :

— En tant que licencié d'un centre de tir, votre fils savait qu'il n'était pas autorisé à détenir sa « pétoire ». Il connaissait les conséquences d'une telle infraction. C'est sans doute pour ça qu'il avait pris soin d'écrire cette lettre et qu'il a retourné l'arme contre lui. Il voulait sans doute épargner à ses parents le scandale lié à une condamnation. Voilà pourquoi cette lettre a valeur testamentaire. Le panache de la jeunesse peut parfois être fatal…

Raisonnement absurde. Que sait-il du « panache de la jeunesse » ? Que sait-il de Bélhazar ?

Il passe au coup de grâce :

— Ce qui est pour moi le plus important, maintenant, c'est de mettre la main sur le gang qui se livre à ce trafic d'armes.

Les parents de Bélhazar se regardent. Qu'est-ce que c'est encore que cette histoire ?

Sur le trottoir, Yann répète que c'est idiot, que cela n'a aucun sens, que Bélhazar n'a pas pu se suicider, alors qu'il avait des tas de projets. Il les énumère un à un. Le musée ! L'école d'armurerie ! Il y tenait tellement. Un suicide… Il trouve cette idée tellement ridicule qu'il n'en sent pas le danger. Il trouverait même que ce procureur s'est montré plutôt ouvert. Il a pris du temps pour les recevoir. Et puis cette lettre ! Bélhazar en a écrit des centaines, de lettres ! « J'en ai partout chez moi. Je pourrais leur montrer… »

Sourire un peu forcé. Tête qui dodeline de droite à gauche. Lent départ de la Mercedes.

Pour Armelle, qui est assise à l'avant, cette révélation n'est rien d'autre qu'une nouvelle déclaration de guerre. Jusque-là, ce n'étaient qu'impressions et suspicions. Zones d'ombre. Maintenant, il s'agit d'autre chose. Ils veulent salir Bélhazar. Ils veulent le pourchasser jusque dans la tombe. Écraser tout ce qu'il a été.

Le mercredi 16 février, les parents ont reçu l'autorisation de se rendre à la morgue. Il a fallu trois jours pour l'obtenir. Bélhazar est allongé devant eux. L'élégance d'un dandy du XIXe siècle. Armelle lui passe la main dans les cheveux. Ce qui attire son regard, c'est cette petite tache sur sa joue gauche. Un disque de peau brûlée, rond comme une pièce de un euro. « Parcheminée », dira l'autopsie. Armelle pense à un coup de taser. Cela ne sera jamais mentionné. Elle m'apprendra cependant que cela n'est pas possible, qu'un taser laisse deux impacts, et une quantité de petits confettis indiquant chacun le numéro de matricule du gendarme qui a tiré. Aucun confetti n'a été retrouvé sur les lieux du drame. À moins que… Les services de la voirie n'ont-ils pas lavé la place dès les premières lueurs de l'aube ? Mais il n'y a qu'un seul impact, sur le corps de Bélhazar.

Comment se fait-il que rien, dans l'enquête, ne le mentionnera ? Elle, à la morgue, elle ne voit que ça. Si c'est insignifiant pour la justice, pour Armelle c'est le bout d'un fil qui mène à la vérité. Dès cet instant, elle s'accroche à cette brûlure et ne la lâchera plus. Elle découvrira une autre possibilité : le bâton électrique. Le *shocker* n'est pas utilisé par la gendarmerie, mais il est en vente libre, facile à trouver sur Internet. Contrairement au taser, il ne laisse qu'un seul impact.

Elle suivra cette piste. Elle va établir que les gendarmes n'ont pas de *shocker*. Mais l'un de ceux présents ce soir-là est à la retraite. Il continue de donner des coups de main en tant que réserviste. Est-il venu avec son gadget ? Armelle imaginera un autre scénario : le premier gendarme attrape Bélhazar mais celui-ci se débat, son arme à la main ; le deuxième lui assène un coup de *shocker* au visage, tout son corps se crispe sous l'effet de la décharge électrique. Son doigt appuie sur la détente.

Il leur reste encore un peu de temps avec leur fils. Yann sourit, c'est sa façon d'intérioriser les sentiments. Armelle ne sourit pas. Elle fait le tour du cadavre. Elle repère l'entrée de la balle, juste à l'arrière du crâne. Côté droit. Pas besoin d'une analyse balistique. Coup porté derrière l'oreille. Le procureur avait dit : à la tempe. Mais ce n'est pas là, la tempe ! Armelle s'agace, pourquoi ces approximations ? Elle sort son appareil photo et mitraille. L'expression n'est pas heureuse, mais c'est pourtant ce qu'elle fait, et chacun des clichés est comme une caresse faite à la mémoire de son fils. J'ai vu ces photos. Je me suis demandé comment un parent pouvait faire ça. Son rôle était de pleurer, de hurler. C'est peut-être vrai pour tout parent en deuil, mais Armelle, à ce moment précis, n'est pas en deuil. Il viendra plus tard, avec la vérité. Pour l'instant, il faut se battre. Et ce combat est une façon de maintenir en vie, non pas son fils, mais une image de lui, un esprit flottant, une lumière. Ne pas l'éteindre.

Avant de quitter la morgue, elle recule de quelques pas, juste assez pour contempler Bélhazar. Les médecins légistes ont procédé la veille à une découpe minutieuse du corps. Autopsie obligatoire en cas de mort violente. Puis ils l'ont recousu, habillé avec les vêtements élégants qu'on lui a demandés. Elle garde en tête que des bistouris ont lacéré le corps de son fils. Elle ne veut rien oublier des outrages qu'on lui a fait subir.

Quand même, après les photos, elle prend le temps de le regarder. Comme il est beau.

Jeudi 17 février 2013. Les perquisitions se déroulent à l'aube. Comme les flagrants délits. Viol légal.

Les gendarmes sont arrivés à 8 heures du matin. Coup de fil du capitaine pour la prévenir, celui qui était gentil le soir du drame.

— Pourquoi une perquisition ?

— Soupçon de trafic. Le procureur vous en a parlé… C'est la procédure.

— Mais les perquisitions, on les fait chez les suspects, non ? Mon fils n'est donc plus la victime ?

— Vous feriez mieux de vous absenter, madame. Ce n'est jamais agréable.

La chambre de Bélhazar est restée telle quelle. Le désordre d'un gamin de dix-huit ans, livres, feuilles blanches, fournitures scolaires et tout ce qui peut traîner à portée de main d'un jeune homme. Avec quelque chose en plus : fatras de crayons, de marqueurs pour graffitis, de tubes de peinture, des magazines sur les plantes, l'univers, l'histoire, et des objets indéfinissables, machineries brinquebalantes, suspensions étranges, *kanapoutz*, instruments à utilisation unique, détournements d'objet du quotidien. Armelle a tout laissé en l'état, comme si le désordre avait un sens qu'il fallait préserver.

Les gendarmes sont accompagnés d'un chien.

— Vous pouvez nous laisser, maintenant, dit l'un d'eux.

— Non, je reste.

J'imagine qu'ils n'insistent pas, même s'ils sont dérangés par l'attitude de cette femme qui, dans l'encadrement de la porte, scrute le moindre de leurs gestes.

La fouille commence. Pas vraiment respectueuse des affaires du défunt, mais pas non plus jusqu'à retourner les meubles comme dans les séries policières. L'un d'eux fait tomber un tableau dont le cadre se brise. Moment d'arrêt. C'est une représentation de Marguerite en majesté. Il s'excuse mollement. La fouille reprend. Impression qu'ils dissimulent leurs véritables intentions. Ils touchent à des babioles, ouvrent des tiroirs et chaque fois ce sont de petits sacrilèges. Une deuxième autopsie. Mais Armelle s'efforce de rester calme. Elle veut avoir l'esprit clair, pour mémoriser jusqu'au moindre détail.

L'un des gendarmes conduit le chien au centre de la pièce et lui retire sa muselière. Il est capable de flairer la poudre noire. Chez un trafiquant d'armes, il y en a toujours un peu qui se dépose.

Le chien passe en revue chaque coin de la chambre. Rien. Armelle n'en perd pas une miette. Ce coup du trafic, c'est un leurre. Ils sont là pour autre chose. Ce chien douanier au flair infaillible qui renifle la poudre à travers le tissu d'un sac de sport, elle ne le trouve pas terrible. Tout de suite, les gendarmes ont mis la main sur la .22 long rifle avec laquelle Bélhazar s'entraîne à son club de tir. Bien avancés. Armelle n'a jamais nié que son fils possédait une telle carabine, avec le permis qui va avec puisqu'il pratique le tir sportif. Ce qui est plus étrange, c'est que sous le lit, dans un sac de sport justement, Bélhazar cachait le reste de son arsenal. Deux pistolets anciens : le Ruby, qui n'est plus là puisqu'il le portait sur lui le soir fatal, et un Browning 1903 à l'acier nickelé, comme celui de Cendrars dans le *Transsibérien*. Avec cette dernière arme, tout le matériel d'usage : huiles, tampons de nettoyage, écouvillons. Et de la poudre, bien sûr.

Pour le Browning, pas de permis non plus. Cette arme peut-elle être considérée comme la preuve d'une participation à un trafic ? Il faut bien que Bélhazar ait acheté quelque part ses fameuses « pétoires ». Mais si trafic il y a, il ressemble plutôt à un client occasionnel, comme le sont tous ceux qui, une fois, pour voir, ont acheté quelque chose d'illicite sur le Net. Les jeunes qui se procurent des graines de cannabis en ligne sont-ils des narcotrafiquants ? Voilà où se situe Bélhazar. Un gamin passionné d'armes anciennes et de vieilleries en tout genre, et qui dispose du Web pour faire son marché.

Les gendarmes s'affairent, et la pièce n'est pas grande. Ils fouillent dans les tiroirs, la penderie, les vêtements. Qui cacherait une arme dans une veste ? Armelle se dit qu'ils cherchent autre chose. De la drogue ? Ou bien des éléments pour étayer davantage la thèse du suicide ?

Soudain, l'un d'eux :

— Regardez ça !

Son chef observe l'objet. Il n'a pas l'air aussi enthousiaste. Il tend quand même un sachet en plastique. Le gendarme y glisse une espèce de sculpture, comme on en voit dans les musées d'art moderne, un amas d'idées contraires ayant vaguement la forme d'un pistolet… Sourire d'Armelle. Il va leur être très difficile de justifier un trafic à partir de ce genre de pièce à conviction.

Les gendarmes s'en vont avec leur butin ridicule. Cela paraît impossible, mais ils n'ont pas vu le Browning. L'ont-ils cherché ? Toute cette procédure blessante, pour emporter un jouet. Ont-ils été victimes d'un sortilège ? Est-ce Bélhazar qui leur a mis dans les mains sa création étrange ? Je m'amuse à le penser. Peut-être qu'Armelle aussi. Mais une fois qu'ils sont partis, il ne reste plus dans la chambre que le souvenir du passage d'iconoclastes pataugeant dans le sanctuaire de Bélhazar.

Le truc que les gendarmes ont glissé dans le sachet de pièces à conviction, je vois très bien ce que c'est. J'en entendrai parler des années après, lors d'un dîner avec mon beau-fils, alors que nous nous retrouvions pour parler de son avenir en mangeant une entrecôte.

Pierre est heureux. Nous sommes dans son restaurant préféré, à Bidart. Il est plongé dans son assiette, devant un morceau de viande grosse comme la main d'un deuxième ligne. La discussion sur ses études tourne court. Il n'en a pas envie, moi non plus. En revanche, il veut bien me parler de Bélhazar. Il est prêt pour ça. Il est le seul de ses amis à accepter de témoigner. Armelle m'a pourtant donné des noms. J'ai lancé des appels sur les réseaux sociaux, sans aucune réponse. J'ai quelques témoignages de camarades, mais toujours de seconde main. Je n'arrive pas à approcher du cercle de ses intimes. Pourquoi ? De quoi ont-ils peur ?

Reste Pierre.

Tout en dévorant sa viande, il évoque son copain. Il n'a pas peur, lui. Il sait ce qui se trouve derrière la porte.

— Qu'est-ce que tu veux savoir ?

— Tout. Quel genre de gars il était.

— Le genre qui ressemble à aucun autre.

— Je m'en serais douté. Mais par exemple, son rapport aux armes ? J'arrive pas à comprendre pourquoi il avait ce besoin de se balader toujours avec un flingue. Vous étiez un peu pareils, là-dessus, tous les deux. Mais toi, tu ne te promenais pas avec un Ruby 7.65 dans la poche.

— On avait douze ou treize ans, et on jouait aux cow-boys : au départ, c'était ça. Sauf qu'avec Bélhazar, on n'en restait jamais au point de départ. C'étaient pas ses idées qui étaient dingues. Finalement, il était comme nous tous... C'était sa manière d'aller au bout. On avait l'impression qu'il suivait un plan. C'est comme ça qu'on a inventé le Patator. Notre chef-d'œuvre !

Je re-commande des frites, pour qu'il ne manque de rien pendant son récit.

— C'était l'amélioration du lance-patates qu'on utilisait à l'école. On les fabriquait à partir de tubes de colle UHU. Mais le tube était trop court, alors on l'a remplacé par un effaceur. On coinçait un morceau de pomme de terre dedans. Après, il fallait trouver une rondelle de la même dimension, la planter au bout d'un bâton, qu'on poussait le plus fort possible. La compression s'opposait à la poussée, ce qui assurait au projectile sa force de projection. Certains cours de physique nous ont vraiment été utiles. Mais c'était encore un Patator "niveau collège".

« On l'a amélioré un jour où on traînait autour du lac de Mouriscot. Comme tous les ados, on cherchait des conneries à faire. On a vu une grille qui bouchait l'entrée d'un tunnel. On savait pas où ça menait. On arrive à l'ouvrir et on voit que le truc fait plus d'un kilomètre de long. C'était le territoire des SDF. On y est retournés tous les jours. Au début, les clodos nous faisaient peur, et puis on a fini par faire connaissance. Ils étaient plutôt sympas. On adorait cet endroit. C'est devenu notre repaire. Et c'est là qu'on a eu l'idée de mettre au point le Patator Millenium.

« L'idée de départ était de dégommer les canards sur le lac. J'avais toujours sur moi un lance-patates fabriqué à partir d'un stylo Reynolds. C'était déjà mieux qu'un tube d'effaceur. Alors Bélhazar a commencé à cogiter. D'abord, améliorer le compresseur. Il fallait quelque chose de plus long et de plus résistant. Je te l'avoue maintenant, je t'ai piqué l'un de tes tubes en aluminium de cigares Montecristo. Le diamètre était plus large. Il allait falloir beaucoup de puissance pour en faire gicler un morceau de patate. On planche donc sur notre nouveau problème : comment créer un impact violent...

Pierre fait une pause. Je lui souris :

— Bon, passons sur l'histoire des cigares.

Il reprend :

— On en parle autour de nous, aux clochards. Et là, miracle ! L'un d'eux est un ancien de la Légion étrangère. Avec un accent de l'Est. Croate, affirme Bélhazar. Il ne parle pas un mot de français. Peu importe, Bélaz' comprend couramment le charabia. Le type nous conseille le gaz des vaporisateurs. Du déodorant Axe, par exemple. La réserve de produit d'allumage est donc trouvée. Il faut la souder au tube, et pour ça, Bélhazar était un expert. Chez lui, il avait un fer à souder avec lequel il fabriquait ses objets en métal. Il était capable de réparer n'importe quelle pièce métallique. Il prend donc les deux parties du Patator et les assemble. Restait le système d'allumage.

« On a trouvé la solution un soir, à l'entrée du tunnel, autour du feu de bois. Bélaz' était en train d'allumer une clope à l'un des clodos. Soudain, il dit : "On n'a qu'à ajouter le système d'allumage d'un briquet ! – Ouais, pas con ! je lui fais. – On démonte la molette qui produit l'étincelle, et c'est bon. – Et ça risque pas de nous exploser à la gueule ? – Bien sûr que si." On a fait les premières tentatives le lendemain. Elles étaient tellement imprévisibles que la plupart des SDF, à l'exception du légionnaire, sont allés se planquer dans le tunnel. Le gars, qui a un peu tripoté les explosifs à l'armée, se contente de suivre les idées de Bélaz'. À eux deux, ils parviennent à extraire le gaz tout en créant une étincelle devant le vaporisateur. Bélhazar se retourne vers moi en maintenant le système d'allumage devant le Patator. C'est là qu'il me sort : "Axe, laissez le charme agir !" Une détonation a couvert sa voix. Sur le moment, j'ai pensé qu'il avait perdu une main. En fait non, ça allait. Mais ce jour-là, on n'a touché aucun canard.

« On est revenus un autre jour avec des gants Mapa, des masques et des lunettes de soudeur. Notre record, ça a été cinquante mètres. Presque la largeur du lac, avec un tir en cloche. Après, il fallait qu'on se calme parce qu'il y avait des maisons sur l'autre rive. Et puis le légionnaire commençait à se prendre au jeu. Il aurait bien aimé les mitrailler un peu, les maisons. Mais c'est Bélhazar qui a eu la dernière idée : il a remplacé le gaz, trop instable, par de la poudre. Tu te souviens qu'on fabriquait nos munitions ? Le tube en aluminium a été pulvérisé. La puissance était parfaite ; la patate est partie en tir tendu. Vraiment mortel, mais le problème c'est qu'on était incapables de viser quoi que ce soit. Elle pouvait tout aussi bien partir vers nous. Même le légionnaire s'est éloigné. Alors on a arrêté les essais. Je crois que Bélhazar a gardé le Patator Millenium chez lui.

Pendant que Pierre finit son entrecôte, j'essaie d'imaginer les apprentis artificiers semer la terreur chez les canards. Et je pense à Bélhazar, inventant la meilleure arme qui soit, celle qui menace l'utilisateur tout en épargnant sa victime.

L'aube. Armelle s'est levée épuisée. Le sommeil n'est pas venu la prendre. Le toubib lui a proposé des somnifères. Elle les a refusés. Sa souffrance est intime, précieuse. À l'intérieur de son cerveau, elle voit une arborescence lumineuse offrant, d'un coup d'œil, toutes les possibilités. Elle sait que cet état ne durera pas, qu'on est toujours rattrapé par la fatigue, mais pour l'heure, elle tient. Ce qui la préoccupe davantage, c'est ce qu'elle a fini par découvrir, dans sa glace, ce matin même.

Au moment de se brosser les dents, elle a eu du mal à ouvrir la bouche. Toujours cette gêne à la déglutition. Sa langue, plus épaisse encore que la veille, est à présent douloureuse. Rugueuse. Elle tente de la faire bouger, mais rien ne se passe comme d'habitude. Devant le miroir, elle ouvre la bouche. La langue en sort comme une limace obèse et noire. Sur le dessus, de petites touffes de poils hérissés.

Toute autre personne qu'Armelle aurait basculé dans l'horreur. Elle garde son calme et retourne dans sa chambre. Elle allume son ordinateur. Pour une fois, la recherche sur Internet a un effet rassurant. Elle lit : « La langue noire est causée par la prolifération des bactéries, due à une consommation excessive de tabac, de café ou à une mauvaise hygiène. » Armelle a une hygiène parfaite, mais elle boit du café et sa consommation de cigarettes vient d'exploser. Est-ce l'explication ? Devant la glace, sa force de caractère l'a maintenue debout, mais son corps commence à se fissurer.

Pas besoin d'un médecin pour lui donner ces saloperies de pilules qui vont endormir sa rage. Elle tiendra.

Combien de temps ?

Le temps qu'il faudra.

Mais la voilà muette.

Ce matin, à ma table de travail, je suis arrivé, suivant l'ordre chronologique de la semaine tragique, à l'enterrement de Bélhazar. Comme je n'y ai pas assisté, je m'apprêtais à le faire à partir des renseignements que m'avait laissés Armelle. Bien peu, pour se faire une idée de la cérémonie autour de la mort d'un enfant de dix-huit ans. Mais j'ai le souvenir des obsèques de Dana. Aussi, il faudra me pardonner si les deux moments se confondent, si le froid qui entre par la porte de la chapelle Sainte-Anne, à Dinan, est en réalité celui qui s'insinuait par les interstices de bois vermoulu de la petite église de Saint-Martin-de-Hinx, si l'*Ave Maria* de Gounod, chanté par le haute-contre breton, fait frissonner les murs de salpêtre habitués aux chants basques ou landais, si le sourire éclatant de Dana se superpose à celui, apaisé, de Bélhazar. Ces deux-là, pour moi, se tiennent par la main. J'entends leurs rires descendre du ciel comme par-dessus les murs d'une cour de récré.

Les obsèques ont lieu le vendredi 18 février. Avec sa langue noire, Armelle n'a rien mangé depuis quarante-huit heures. À cela s'ajoute le manque de sommeil, le stress des rencontres avec le procureur, et toutes ces violences légales : l'autopsie, la morgue, les expertises. Heureusement, le directeur du lycée de Bélhazar s'est démené pour organiser la cérémonie. Il a pris sur lui un peu de la peine des parents. Plus tard, en mémoire de Bélhazar, il fera planter un arbre dans la cour du lycée. Il a donc trouvé une chorale avec un haute-contre pour les chants de la messe. Elle se déroule dans l'église dédiée à la patronne des Bretons. Mais en cherchant davantage, voilà ce que je trouve : dans le syncrétisme local, sainte Anne est la transposition chrétienne de Dana, la déesse celtique du Don. *Dana*, qui m'a donné le courage de commencer.

Je le sais maintenant, ce livre est pour toi, Bélhazar, mais aussi pour Dana, pour tous les enfants disparus. L'empreinte que vous avez laissée en moi. La rage de votre perte, mais aussi la douceur de votre souvenir. À présent réunis, vous me donnez la chance d'accomplir le deuil que je n'ai jamais fait de vous. Quand on est professeur, on ne doit pas parler de cette chose-là, la mort. Il n'y a pas de place pour elle à l'École. On doit s'occuper des vivants. Pourquoi ne parle-t-on jamais des choses qui comptent ?

Si, on le fait, dans les prières. Celles de la foi chrétienne de Dana ou celle, panthéiste, de Bélhazar.

Ce livre est une prière. Aux disparus.

La foule, principalement des jeunes, déborde sur le petit parvis. À l'intérieur, des voix s'élèvent de la chorale. Le haute-contre s'en détache et l'*Ave Maria* s'envole dans la nef. Il répand un baume. Tous jettent des coups d'œil à la photo grand format devant l'autel : celle d'un enfant qui sourit. Tous se font la remarque qu'elle paraît plus réelle que le cercueil. Devant lui défilent les copains de Béla. Ils disent des choses merveilleuses. Ils l'appellent « Regardeur de soleils » et le remercient pour le courage qu'il leur a donné. Cette force d'être soi. Le froid, qui fouette les jambes et se glisse sous les écharpes, accentue la colère. Chacun fixe la photo au-dessus du cercueil.

Regardez-le !

Regardez-la !

On ne peut pas mourir quand on est jeune et qu'on sourit comme ça.

Ce qui doit tomber

Jeunes et vieux se réjouiront ensemble. Les jeunes filles danseront de joie. Je changerai leur deuil en allégresse, je les consolerai. Après la tritesse, ce sera la joie.

Jérémie 31:13

Une semaine que Bélhazar est mort. Cette idée absurde flotte dans la tête d'Armelle. Mille fois, elle a été certaine que c'était un mauvais rêve, l'ombre portée d'une angoisse qui allait se dissiper et laisser apparaître la silhouette de son fils. Ce jour-là, elle est entourée de gens dont elle n'écoute pas la conversation. Tables de bistrot sur la terrasse. Murs blancs, toits bleus. Toujours le même ostréiculteur de Dinard. Sa bande d'amis. Des marins. Ils ont la délicatesse de parler d'autre chose. Ce bruit de voix familières lui permet de s'échapper. Elle repense aux jours qui viennent de s'écouler. Deux jours, enfermée dans son appartement, à ne même pas pleurer. Deux jours à encaisser les coups. Et ces questions qui tournent en rond :

Ton fils est mort, en bas de chez toi, tu dormais. N'as-tu pas entendu le cri d'une fille dans la ruelle ?

Il portait une arme. Pourquoi une arme ? Comment as-tu pu le laisser sortir avec une arme ?

« Il s'est donné la mort », disent-ils. Pourquoi se serait-il donné la mort ? Tu n'aurais rien vu venir ?

Armelle ne sait plus si on lui a posé ces questions ou si elle se les pose à elle-même. Tout se trouble. Le manque de sommeil... Depuis quelques jours, elle arrive à se dédoubler par la pensée, longue silhouette noire qui titube, courbe la tête. Ces sorties du corps sont fréquentes. Cela n'a rien de surnaturel. C'est plus une manière de se protéger. Quitter une enveloppe douloureuse, s'éloigner de l'épicentre de la souffrance. Quelquefois, elle marche avec Bélhazar sur la plage, en Nouvelle-Calédonie. Elle porte un paréo à grosses fleurs bleues et Béla l'une de ses longues chemises blanches boutonnées jusqu'au cou. Ils vont pêcher un crabe dans la mangrove, ou cueillir des fleurs, ou rien. Ne rien faire, juste marcher sur le sable devant le soleil qui se couche.

Un rayon trouve sa voie entre deux nuages basaltiques et fait miroiter les flots jusqu'à

Saint-Malo. Armelle tombe sur le regard d'un de ses amis, qui lui demande :

— Ça va ?

C'est con comme question, il le sait et s'en veut. Mais que dire ?

Malgré sa langue douloureuse, elle parvient à articuler :

— Ça va.

Bien sûr, ça ne va pas. Quand elle pense à sa vie, elle ne voit que des signaux inquiétants. Son boulot. Elle sent que de ce côté-là, elle n'a pas à espérer beaucoup de patience. À l'instant où l'on est touché par la mort, on comprend que le rythme ordinaire de l'existence est fluide et régulier. Mais un deuil qui survient exaspère tout le monde par sa lenteur. Pour vivre une perte, il faut ralentir à l'extrême. Je veux dire l'amour, le travail, les gens. Tout s'arrête pour l'endeuillé. On vous accorde quelques jours. C'est ridicule. Il faudrait des mois, des années. Oui, mais il y a un travail à reprendre. Une vie. Ah bon, laquelle ? Armelle plane, aphone, sidérée. Elle peut sentir l'écoulement du temps. Et les autres de continuer.

Pourtant, les signes sont clairs. Son corps finira par lâcher, elle passera à trois paquets par jour, deux heures de repos par nuit, et elle explosera en vol. Ce n'est qu'une question de temps. Pour le moment, elle se soigne grâce à sa connaissance des plantes et de l'homéopathie. Elle sait qu'à un moment il faudra se résoudre à aller voir un médecin, qu'il lui prescrira des anxiolytiques. Elle sait qu'elle les refusera.

Combien de temps pourra-t-elle tenir ?

Dès l'instant où elle aura accepté la thèse du suicide, l'affaire sera close. Il y a des moments où elle aimerait se dire « À la limite, et si c'était ça ? Au moins, je saurais ce qui s'est passé. J'aurais la vérité. Et ce serait terminé. »

Les salauds, voilà ce qu'ils arrivent à me faire penser…

Ce n'est pas ça. Elle le sait. Mais seule, elle n'y arrivera pas. Il lui faut trouver un appui, quelqu'un qui puisse faire rempart à la justice. Ce ne sont pas ses amis marins qui le peuvent, tout chaleureux et attentionnés qu'ils soient. Quelqu'un comme ça, cela n'existe pas.

Le regard d'Armelle se perd à l'horizon. Là-bas, après les premiers hauts-fonds, elle imagine Chausey et les Anglo-Normandes. Et justement, en pensant aux îles, un nom lui vient, comme apporté par les vagues. Celui d'un homme qui habite de l'autre côté de la Bretagne, dans le golfe du Morbihan. Un homme qui fait trembler les procureurs. Comment n'y a-t-elle pas pensé plus tôt ?

Au bout de deux heures d'idées noires, d'huîtres à peine mangées et de langue noire qui vire au bleu, Armelle se redresse. Elle salue ses amis et monte dans sa voiture. Chez elle, elle met la main sur un vieux numéro de téléphone, appelle cette amie de sa mère, une femme autrefois très en vue dans le petit monde de Saint-Lunaire.

— Bonjour…

Propos ordinaires. Puis :

— J'ai appris pour ton fils, c'est horrible…

— Oui. C'est horrible. Je cherche à contacter Olivier Metzner.

Cinq minutes plus tard, elle compose le numéro. Metzner répond. Il est en Bretagne, sur son île, Boëdic. Armelle lui explique rapidement.

— Venez me voir dès que vous le pouvez.

Olivier Metzner fréquente depuis longtemps la Bretagne. Il connaît bien la famille d'Armelle et l'apprécie. Il est un peu plus âgé qu'elle. Il a connu la grande époque des étés sans fin de Saint-Lunaire. Il faut dire qui était Metzner. Ancien élève médiocre, il décroche poussivement un bac G à vingt et un ans (le même que Bélhazar aurait obtenu), puis devient l'un des ténors les plus redoutés du barreau de Paris. Il ouvre un cabinet prestigieux, fume de gros cigares, boit beaucoup, semble invincible. À la télé, on ne voit plus que lui.

Quand il revient en Bretagne, c'est maintenant sur l'île qu'il a achetée, Boëdic, sept hectares d'isolement en plein milieu du golfe du Morbihan. Bélhazar voulait à tout prix le rencontrer. Il s'était mis en tête de faire son stage, en décembre 2012, dans son cabinet d'avocat. Armelle a hésité. On n'allait pas déranger Olivier avec ça ! Finalement, Bélhazar l'a effectué chez Christian, l'ami notaire à Saint-Brieuc. C'était quelques semaines avant sa mort. Mais comme pour la Mercedes le jour de son enterrement,

Bélhazar trouve toujours un moyen d'arriver à ses fins.

— J'enverrai quelqu'un vous chercher en bateau à Séné.

Armelle et Yann sautent dans la Mercedes et font les deux heures de route en silence. À Séné, ils embarquent sur un Zodiac. Après dix minutes de traversée, ils s'apprêtent à en descendre, relèvent le bas de leur pantalon, quand l'homme qui conduit l'embarcation les arrête d'un geste. Une légère secousse de bas en haut et un train de roues sort de sous l'embarcation. Ils remontent ainsi la plage, en roulant, jusqu'au maître des lieux. Metzner les attend, cigare planté entre les lèvres. Petit, ramassé, quelque chose de l'aura d'un homme d'État. On pense à Churchill, mais c'est peut-être à cause du club du même nom, dont il est membre. Ou en raison de ses sept havanes par jour, ou de son goût pour le vieil armagnac. Pourtant, au moment où les parents de Bélhazar posent le pied sur le sol de Boëdic, Metzner a déjà chassé ses démons. Il ne boit plus, fume raisonnablement et projette de vivre en mer. L'île est mise en vente, et lui, l'ancien équipier de Tabarly, ne rêve plus que de navigation en Méditerranée, sur le yacht de quarante-cinq mètres qu'il vient d'acheter.

Dès leurs premiers pas sur l'île, Armelle et Yann sont envoûtés. De quelque part – les rochers gris qui parsèment la plage ou la petite chapelle esseulée en bout d'île ? – s'élève le *Requiem* de Fauré, qui s'évapore autour des épaules voûtées du maître.

Il les reçoit dans la cuisine de sa longère, là où tout se passe. Armelle ne s'attarde pas sur les retrouvailles. Olivier apprécie la franchise. Droit à l'essentiel. L'exposé des faits prend vingt minutes, puis il dit :

— Quelque chose ne va pas, dans cette histoire.

Sa voix qui ressemble à un sifflement de serpent au fond d'une caverne. Armelle est au bord des larmes. C'était ce qu'elle rêvait d'entendre.

— Je vais m'en occuper. *Pro bono*.

Metzner n'est pas homme à donner des explications, et les parents de Bélhazar n'ont pas la maladresse d'en demander. On peut comprendre cette faveur comme une trace de l'amitié qu'il avait pour la mère d'Armelle, de solidarité bretonne, à moins qu'il ne s'agisse de cette façon qu'ont les grands pénalistes, dont l'heure de travail dépasse les cinq cents euros, de se donner parfois pour rien. Metzner, comme ses confrères, le fait quand l'affaire s'y prête. Il a senti quelque chose. Comme deux ans plus tôt, dans l'« affaire Laëtitia ». Armelle le sait et, pendant qu'on boit le café, elle imagine la réaction du procureur, celle des journalistes et des gendarmes, quand ils vont voir quel loup elle a lâché dans leur bergerie. On discute encore un peu, et en une heure on est de retour sur le continent.

Une chose est sûre, se dit Armelle, accrochée à la corde qui enserre les boudins du Zodiac : il a vu une faille. Elle aimerait savoir laquelle. Un avocat de son niveau, qui joue sa réputation à chacun de ses pas, ne se lance jamais dans une affaire pour une vague amitié de vacances d'été. Et la réputation, dans ce métier, c'est tout. C'est d'ailleurs pour cela que Metzner, plaideur assez terne, se range maintenant parmi les plus grands. Sa réputation est celle d'un expert de la procédure. L'avoir en face de soi, dans une affaire pénale, signifie que vous n'avez plus droit à la moindre erreur. Il verra tout. Et même si vous avez le sentiment d'avoir atteint la perfection, il vous mettra sous les yeux un détail que vous avez oublié.

En accostant à Séné, Armelle sent qu'elle vient d'abattre une carte qui va semer la terreur chez ses adversaires. Sa langue a totalement dégonflé. Elle est prête à reprendre le combat.

Deux mois passent, durant lesquels on fourbit ses armes. Début mars, Olivier Metzner n'a pas encore lancé la grande offensive. Il a mis son nez dans le dossier, exigé les tamponnoirs et les résultats de l'expertise médico-légale, qui lui semblent suspects. À la limite de l'amateurisme. Cette trace parcheminée sur la joue de Bélhazar l'interpelle. Il a préparé un dépôt de plainte pour homicide involontaire. Mais il a cent fers au feu et un bilan de santé inquiétant. Il chasse ses angoisses par le travail à marche forcée. Des affaires dans tous les sens. Le tour de Bélhazar viendra. Bientôt.

Dans le camp adverse, la simple apparition du nom du grand pénaliste a suffi à installer le doute. Chacun se souvient de Laëtitia, à Pornic, deux ans plus tôt. Pour le moment, c'est le calme avant la tempête, mais il est possible que dès l'entrée en scène du ténor du barreau, on ne parle plus que de Bélhazar dans les journaux. Pour le moment, il n'y a eu, en tout et pour tout, que deux entrefilets dans la presse régionale. Autant dire le silence absolu. L'affaire Bélhazar est passée hors radars.

Fin mars 2013. Armelle et Yann ont donné rendez-vous à Christian à Séné, dans le golfe du Morbihan. Dès leur première entrevue avec Metzner, ils avaient calé cette date pour faire un premier point. Dans la voiture, même si cela ne plaît pas beaucoup à Yann, ils n'ont parlé que de l'enquête. Armelle, de toute façon, ne peut penser à autre chose. Depuis que l'avocat est entré dans la partie, la tempête souffle dans l'autre sens. Elle sent remonter en elle un sentiment qui lui semblait à jamais interdit : l'espoir.

Séné, en fin de matinée. De là, ils prennent la navette pour l'île aux Moines. Le passeur est le même que la dernière fois, celui qui les avait emmenés sur le Zodiac de Metzner.

En montant à bord, Armelle le salue. Il semble les reconnaître. Elle s'installe à l'arrière, près du moteur, et engage la conversation.

— Je suis fatigué, lui dit-il. Presque pas dormi.

— Ah bon, vous faites des insomnies ? lui demande-t-elle, en experte.

— Non, moi ça va. Par contre, l'avocat parisien…

Elle sent son souffle court. Ses mains s'accrochent au bastingage.

— Comment ça, l'avocat parisien ?

— Vous ne savez pas ? Vous n'avez pas vu le journal ?

— Non, je lis pas les journaux…

Une boule lui remonte jusque dans la gorge.

— Eh ben, il est mort !

Armelle ne peut plus parler. Cette fois, ce n'est pas la langue noire, c'est une déferlante glaciale le long du dos. Yann demande :

— Comment ça ?

— J'étais aux premières loges ! répond le marin. Ce matin, sur les coups de 6 heures, je pêchais entre Boëdic et Arz et j'ai reconnu, même s'il faisait encore à moitié nuit, le Zodiac qui dérivait. J'ai bien regardé, personne à bord. Je suis allé voir, des fois qu'il se serait détaché de son amarre. C'est là que j'ai vu le corps qui flottait à côté. Je suis bien certain que c'est lui, puisque j'ai aidé les pompiers à le ramener à terre.

Le 23 mars 2013, Olivier Metzner vient de se donner la mort. Le ténor du barreau était malade, gravement. Il avait pourtant de beaux projets.

Décidément, dans cette affaire, les suicidés sont des gens qui tiennent à la vie.

Sans lui, ce n'est plus la même chose. La presse s'enflammera pour Metzner, pas pour Bélhazar. Tous ceux qui espéraient une fermeture rapide du dossier doivent, malgré la gravité des événements, pousser un soupir de soulagement. Le grand avocat inspirait la crainte. Voilà qu'il disparaît brutalement. Fin de l'histoire ?

Pas tout à fait.

Metzner a tout organisé : il a désigné un exécuteur testamentaire et pris des mesures pour que ses collaborateurs poursuivent son œuvre. C'est d'abord Aurélien Andine qui prend l'affaire. Il est jeune et Armelle l'apprécie beaucoup. Mais peu de temps après, il disparaît de la circulation. Antonin Lévy reprend le dossier Bélhazar. Cet avocat, fils de BHL, fait partie de l'équipe de jeunes surdoués que Metzner a, sinon formés, du moins réunis autour de lui. C'est un sujet brillant, mais davantage attiré par les grands dossiers financiers. Et puis, il n'a pas navigué autour des Anglo-Normandes ou sur des plates, dans les eaux du golfe. Il fallait à cette affaire un petit supplément d'âme bretonne. Elle flotte au large de Boëdic.

À partir de mars 2013 débute une période de deux ans pendant laquelle le combat d'Armelle passe au second plan. Rien pour faire avancer l'enquête. La plainte de Metzner n'est pas instruite. Le silence commence son œuvre.

Armelle a accumulé des cahiers de notes au fond de cartons bien rangés. Ils attendent que je vienne les chercher, mais cela ne se fera pas avant 2018. Que faire de tout ce temps ? Vivre ?

Mais la vie est impossible. En tous cas pas sous sa forme ordinaire, c'est-à-dire, pour une belle femme d'une cinquantaine d'années : sortir, aller au restaurant, rire avec des amis, espérer qu'un homme de qualité croisera sa route. Elle essaie, mais la colère se tient prête à exploser derrière les verres de vin. La vérité, son absence douloureuse, la cueille au moment où elle devrait s'abandonner à une joie passagère. Son regard s'obscurcit. Pourtant, elle voudrait bien. Beaucoup de gens n'arrivent pas à comprendre – ce sont des épargnés de l'existence – que le côtoiement de la mort accroît la libido. Le sexe est une réponse, brève, sans doute vaine, mais temporairement efficace. Ses amants se font tendres ; elle les épuise en une nuit. Elle recherche les ivresses, les jaillissements, mais ils sont toujours désespérément brefs par rapport à l'infinie tristesse qu'elle doit étancher. Rien n'est plus puissant qu'une femme de cinquante ans. Quand la vie l'a lacérée méthodiquement, à tel point qu'elle connaît son corps par cœur et son cœur par corps. Une femme de cinquante ans qui a perdu son fils fait plus que se connaître, elle sait le chemin qui mène aux enfers. Si elle ne l'emprunte pas, c'est qu'il faudrait qu'on lui prenne la main. Mais il n'y a pas de main assez forte.

Son employeur a insisté pour qu'elle reprenne le travail. En juin 2013, il obtient son licenciement. Même plus l'énergie d'aller aux prud'hommes.

Le seul qui peut la comprendre, c'est Yann. Ils se voient au cimetière et déjeunent ensemble. Elle arrive quelquefois à le convaincre de venir à Bidart. D'une chambre de Bélhazar à l'autre, d'un mausolée l'autre. Mais la vie s'est figée le 13 février 2013. Leurs pieds pris dans une chape de ciment. Que faudrait-il pour en sortir ? Un homme comme Metzner. Il n'y en a plus.

Parfois, elle regarde Yann. Elle envie sa faculté de se détacher du drame pour ne s'occuper que de son projet de musée. En cela, il ressemble bien à son fils. Heureux et déterminé. Mais l'instant d'après, elle voudrait le couvrir de reproches. Comment peut-il abandonner le combat ? Pourquoi n'est-il pas enragé, comme elle ?

Yann n'a rien abandonné. Au contraire, il travaille sans relâche. C'est simplement un autre chemin. Il y a toujours un autre chemin.

Ce qu'elle ne comprend pas, ce qu'elle ne peut pas comprendre, c'est que l'espoir, à ce moment-là, c'est elle, rien qu'elle. Tout le reste s'effrite et s'écroule. Car d'autres drames viennent s'ajouter à la liste. Rémy, seul témoin oculaire au moment du drame, a disparu à son tour. Elle s'en est aperçue quand elle a cherché à le rencontrer. Elle est certaine que sa déclaration au procureur a été écrite sous la dictée. Elle sait où il se trouve, mais il est trop tard pour lui poser des questions. Les services sociaux ont obtenu qu'il soit interné à l'hôpital psychiatrique de Saint-Brieuc. Dépression et alcoolisme. Une mise au silence qui va durer des années. Visites autres que celles des proches interdites. Témoignage irrecevable. L'*in pace* du système judiciaire.

L'autre copain, Jordan, est passé en jugement. Il fallait bien que quelqu'un paye et il ne restait plus que lui. Il a écopé d'une peine avec sursis et d'une grosse amende pour trafic d'armes. Pour sa mère, qui fait des ménages, le remboursement est quasi impossible. Se taire et payer.

Les amis d'Armelle l'entourent, mais ils ont un peu de réticence quand il s'agit de l'affaire.

D'abord, parce que celle-ci paraît mal engagée, ensuite parce qu'une drôle d'impression s'est insinuée partout. La disparition de l'avocat, même si elle est sans ambiguïté, les rend nerveux. Les plus rationnels ont du mal à ne pas voir un message dans la mort d'un personnage aussi important. On commence aussi à penser que ranimer l'espoir, c'est s'empêcher de faire le deuil. On dit à Armelle d'avoir confiance en son avocat, même si personne n'y croit.

Et puis un jour...

L'espoir, le bel espoir, le bien qu'il fait quand il gonfle nos cœurs, annule nos peines et donne un sens au combat. Armelle était au plus bas et voilà qu'un jeune homme que rien ne semble arrêter, débordant de jeunesse, vient tout rallumer.

Début juin, Armelle écrit dans son carnet :

Retour d'un rendez-vous à Saint-Brieuc chez la juge. Elle accepte la plainte.

Nouvel avocat est très bien. Une belle âme. Connaît le dossier à fond.

Valentin Ribet, le nouvel avocat dont parle Armelle, a vingt-six ans. Autant dire qu'il débute, mais ses débuts sont pour le moins brillants. Intégrer à son âge le cabinet Hogan Lovells, qui a repris les dossiers de feu Olivier Metzner, n'est pas rien. Antonin Lévy lui a mis celui-ci entre les mains. Ce n'est pas une grosse affaire et on ne sait par quel bout la prendre. Un bon moyen de faire ses preuves.

Valentin Ribet est un garçon bien élevé – c'est ce qu'Armelle ne cesse de répéter. Mais il est aussi doté d'une intelligence hors normes, à tel point qu'il aurait pu passer à côté de ses études. Au lycée, il vivote. Il est nonchalant. C'est un haut potentiel, comme Metzner, comme Bélhazar. Et puis un jour, il découvre le Droit, et tous ses dons trouvent enfin leur moyen d'expression.

Car il possède toutes les qualités nécessaires à son métier : travailleur, rigoureux, tenace. Délicat, aussi. Évoquer avec quelqu'un la mort de l'un de ses proches est l'un des exercices les plus périlleux qui soient. Chacun en a fait ou en fera l'expérience. Mais parler de son fils défunt à une mère, c'est partager un verre de lave avec un dragon. Le jeune avocat en est capable. Il progresse en douceur, opposant sa bienveillance à la violence des faits.

Une dernière chose. Depuis les années 1970, les parents de Valentin possèdent une maison du côté de La Trinité-sur-Mer. Enfant, il passe ses vacances dans le golfe. Il navigue en famille. L'île aux Moines, Arz, Houat, il connaît par cœur. Parfois, ils remontent la rivière d'Auray jusqu'au port de Saint-Goustan. Je disais qu'à partir de la mort de Metzner, il manquait une part d'âme bretonne. Elle est retrouvée.

Le rendez-vous chez la juge d'instruction de Saint-Brieuc a lieu en juin 2015. Un peu à la surprise générale, elle accepte donc la plainte. Une première victoire. Cela signifie que les intuitions de Metzner, qui avait noté des *failles graves* dans la procédure (l'absence des tamponnoirs) et *trop d'incohérences* dans le récit des faits, restent valables. Cela veut dire aussi que la magistrate accepte de relancer une enquête susceptible de remettre en question le travail de la Justice, et de faire la lumière sur la responsabilité de trois gendarmes dans une affaire de mort violente.

Ce rendez-vous dure deux heures. Armelle est accompagnée de Yann et Christian. Valentin mène la discussion comme s'il avait vingt ans de métier. À l'issue de la rencontre, il a obtenu que soit organisée une reconstitution.

Elle est prévue pour le début du mois de novembre 2015.

Les parents de Bélhazar sortent du bureau de la juge avec le sentiment d'avoir été écoutés. Elle semble vouloir faire la lumière sur l'affaire. La machine judiciaire n'est peut-être pas seulement ce rouleau compresseur qui broie les anonymes pour recracher des versions officielles.

Armelle rentre à Dinan, Christian et Yann continuent leur route vers Saint-Brieuc. J'apprendrai plus tard par Armelle que Valentin Ribet a dormi ce soir-là à l'hôtel *La Marine*, où j'ai passé tant de nuits. Il a occupé la même chambre – il n'y en a qu'une qui offre un aperçu sur le port. Je l'imagine arpenter, la nuit, comme je vais le faire tant de fois, les quais aux pavés inégaux, remonter les pentes mal éclairées du Golgotha jusqu'à la rue de l'Éternité. Sentir, observer, comprendre.

Début novembre 2015. Un temps humide et venteux. Un froid de gueux.

Les parents dînent avec Valentin pour la veillée d'armes. Christian n'a pas pu se libérer. On se prépare à ce qui ne sera pas une partie de plaisir, demain. Yann voudrait ne pas venir. Valentin insiste.

— Si, il faut que vous soyez là. Il faut faire front, ils ne nous feront pas de cadeaux.

On l'écoute. Plutôt contents d'être menés par ce grand jeune homme que rien n'impressionne. Il y a peut-être un peu de la fougue chevaleresque de Bélhazar dans la pugnacité souriante de Valentin. La jeunesse, une certaine forme de pureté, voilà ce qu'il faut pour affronter le monstre froid.

Au cours du dîner, Armelle offre à Valentin un livre sur les arbres remarquables.

— Pour les moments où tu n'auras pas de choses dures à plaider.

Armelle fait toujours des cadeaux. Elle m'en fera à chacune de nos rencontres. Le cadeau, c'est une manière d'entrer dans la personne. D'y déposer un présent. D'y devenir présent.

Elle offre ce bouquin sur les vieux arbres à ce jeune avocat parce qu'il a toute la vie devant lui. Tout le temps de devenir vieux à son tour et plein de sagesse. Comme un chêne. Mais le lendemain matin, c'est bien de sa jeunesse qu'ils ont besoin.

Ils se retrouvent à l'appartement d'Armelle à 9 h 30. En bas de l'immeuble, la reconstitution est prête. On n'attend plus qu'eux. Valentin :

— Ça va être dur. Tout le périmètre est clos, depuis le parking jusqu'à l'entrée du couvent. Il y a une quarantaine de gendarmes qui encerclent les lieux. Je ne sais pas pourquoi. Peut-être pour soutenir leurs collègues. Ou pour tenter de nous intimider.

Ils redescendent jusqu'au sous-sol. Valentin leur murmure :

— Pas un mot ! Surtout, ne dites rien. Écoutez seulement.

Ils remontent par le garage pour déboucher en plein dans la scène du crime. Tout est bâché, entouré de cordons de sécurité. Armelle plante partout ses regards enflammés. *Je suis prête à re-mourir pour mon fils.* Des flics en armes. L'impression d'une mise en scène. Se taire, a dit Valentin... *Au contraire, je voudrais hurler. Quelle mascarade !* L'impression d'aller à l'échafaud est insupportable. *Nous sommes les coupables...*

Elle forme avec Yann un petit groupe tremblant qui tente de se réchauffer. Le café fume au creux des mains.

Valentin va saluer la juge. Il revient quelques minutes plus tard avec cette nouvelle sidérante :

— Le troisième gendarme, celui qui était le plus choqué des trois, celui qui a prêté main-forte à son collègue quand Bélhazar est parti en courant, celui qui était réserviste ce soir-là, un témoin capital, eh bien il est mort. Il s'est suicidé il y a six mois.

On se regarde. On n'ose pas dire : « Encore ? »

C'est à cet instant que, dans la brume glaciale, la pièce de théâtre commence. Les gendarmes en civil leur tournent autour comme des charognards. Dès qu'Armelle et Yann se parlent, ils ont l'impression que plusieurs d'entre eux se glissent tout près pour les écouter.

Deux vieux experts sont présents. Visiblement inutiles. Ils observent la reconstitution et déclarent que les flics ont sans doute raison. Raison sur quoi ? Le premier des gendarmes, celui qui a fait une clef de bras pour immobiliser Bélhazar sur le capot de la voiture, prétend maintenant que le jeune homme est tombé à terre, et que c'est à ce moment-là qu'un coup de feu est parti. Cela se tient, selon les experts. Ils ressemblent à des médecins de Molière. On ne parle plus de la tentative de fuite de Bélhazar, notée pourtant dans le premier procès-verbal des gendarmes.

Armelle veut intervenir, mais si elle intervient, elle va leur hurler dessus. Valentin la retient. Il sait que ce n'est pas ce matin que la vérité doit éclore. Il faudra encore attendre. Il est jeune, il a du temps. Il veut simplement que la partie adverse abatte ses cartes.

On refait la scène, même si la configuration des lieux a été transformée quelques mois auparavant par un réaménagement urbain. La juge dirige les opérations. Le deuxième gendarme paraît complètement perdu. Il se contente d'acquiescer. Rien à tirer de lui. Du troisième gendarme, celui qui s'est tué, on n'en parle pas. Il avait pourtant déclaré, deux ans plus tôt, avoir aidé à rattraper le fuyard. Son rôle est central, mais sa place dans la reconstitution est tenue par un flic apathique. Singulière erreur de casting.

Pendant les heures que va durer la reconstitution, la juge d'instruction interroge Rémy, ce pauvre garçon qui est le seul à pouvoir témoigner en faveur de Bélhazar. On l'a fait sortir de l'hôpital psychiatrique de Saint-Brieuc. Elle lui demande :

— Et vous, monsieur, vous vous souvenez ? C'était là ? Ça se passait comme ça ?

Et lui de répondre :

— Je ne me souviens pas... Je ne me souviens pas...

De quoi pourrait-il se souvenir, Rémy, après des mois de médicaments qui ont ravagé sa mémoire et l'ont plongé dans un brouillard permanent ?

Au bout de deux heures de cette épreuve, on fait une pause. Armelle se rapproche de Rémy, assis sur un escalier. Il semble lessivé. Mais Armelle veut poser elle-même ses questions. Elle se souvient très bien que, quelques semaines après la mort de son fils, et un peu avant qu'il soit interné, Rémy lui avait dit, la seule fois où elle avait pu le joindre, que le troisième flic avait été très actif, ce soir-là, qu'il avait aidé son collègue à maîtriser Bélhazar.

Il lève les yeux tandis qu'elle s'approche.

— Alors, pas trop dur ? lui demande-t-il sur un ton indifférent.

— Nous allons échanger nos numéros de téléphone, si tu veux bien, lui répond Armelle.

— Je n'en ai plus. Ils me l'ont enlevé...

La cheffe de brigade s'approche d'eux. Elle passe la main dans le dos de Rémy et l'invite à se lever. Il s'en va, hésitant sur le nouvel endroit où aller s'asseoir. Elle se tourne vers Armelle :

— Vous comprenez, je m'occupe de lui. On ne voudrait pas le voir flancher.

Armelle comprend surtout que Rémy est là pour confirmer qu'il ne sait plus rien et que les lambeaux de souvenirs dont il dispose sont inutilisables.

On range bientôt les bâches et les cordons. Les gendarmes s'en vont, par petits groupes.

Fin de la mascarade. Armelle est furieuse. Yann, qui n'a jamais accablé la justice, commence à comprendre. Valentin met de l'ordre dans ses notes. Il n'a pas l'air abattu. Il serait même plutôt confiant.

À peine quinze jours plus tard, le samedi 14 novembre 2015. Vers 9 heures du matin. Le téléphone sonne chez Valentin Ribet. Au bout du fil, c'est Armelle. Elle veut lui dire que la cheffe des gendarmes l'a appelée dès qu'elle a eu des informations sur le dossier Bélhazar. « On s'achemine vers un non-lieu. » On en revient à ça. Alors que l'on n'a même pas évoqué cette thèse lors de la reconstitution. Il faut réagir. Vite. Il faut que Valentin contre-attaque.

Mais le téléphone sonne dans le vide.

C'est le début du week-end. Il faut que Armelle se calme, même s'il lui a dit qu'elle pouvait l'appeler à n'importe quel moment. Il a sans doute besoin de souffler un peu, de se changer les idées. Il travaille beaucoup. Dans le fond, Armelle n'est pas inquiète. Elle sait qu'il a un plan. Elle l'a vu dans ses yeux. En colère, ça oui, elle l'est. Mais depuis qu'on a relancé la guerre, elle a un regain de forces. Alors elle raccroche, et se dit que cela peut attendre. Elle réfléchit, et dans ses pensées elle voit Valentin. Il y a quelque chose d'évident à ce que ce soit lui qui ait repris le dossier. Il fallait une âme pure, *une belle âme*, selon ses mots. Étrange, cette façon qu'a Armelle de toujours parler de son âme quand elle évoque Valentin. Mais elle n'y peut rien, il y a eu tellement de morts violentes dans cette histoire, tellement de drames qui se sont enchaînés dans le plus glacial des silences. Depuis le début, elle sent qu'il y a dans cette histoire – elle n'a pas envie de prononcer le mot, mais quand même – un côté Toutankhamon, une *malédiction*, allons-y carrément. Oui, comme si la mort rôdait. Comme si cette force n'était pas satisfaite de la tournure des événements. Et voulait les frapper. Cela a commencé dans les Dolomites, vingt ans plus tôt. Mais maintenant, c'est fini, parce que Valentin possède l'une de ces âmes devant lesquelles la mort recule.

La veille du coup de fil, Valentin s'est rendu directement de son cabinet d'avocats à un concert. Ce mélomane, abonné à la Philharmonie de Paris, est aussi capable d'écouter du bon gros rock. Il était très excité à l'idée de voir enfin ce groupe. Avec sa fiancée, ils avaient réservé depuis des mois leurs places au concert des Eagles of Death Metal. C'était le vendredi 13 novembre 2015. Au *Bataclan*.

En ouvrant le journal, Armelle, comme tous les Français, a regardé les photos des victimes. Et puis, comme tous les Français, son regard s'est posé sur le visage des jeunes, parce que c'est ce qu'il y a de plus dégueulasse dans tout ça, elle est bien placée pour le savoir. Et elle l'a vu.

Le visage de Valentin, parmi toutes les photos souvent souriantes de toutes les autres victimes. Sa fiancée a pu être sauvée. Pas lui. La rétribution aveugle de la mort. Perdre d'un côté ce qu'elle épargne de l'autre. Un mouvement de balancier qui sous-tend la vie de Bélhazar et celle des gens qui l'approchent. On retrouvera la robe noire de Valentin pendue au vestiaire du *Bataclan*.

Armelle a senti que ses forces l'abandonnaient.

Au début, elle avait été persuadée qu'il s'agissait seulement de se battre. Mais les deux avocats de Bélhazar sont morts pour des raisons qui n'ont rien à voir entre elles, et le gendarme qui s'est suicidé a emporté avec lui son témoignage, cette émotion très forte qu'il avait ressentie. Elle aurait bien voulu savoir ce que c'était que cette émotion. Quant à Rémy, même après son retour d'HP, il était resté muet. Rien de cela n'était l'œuvre de la partie adverse. Quelle partie adverse, d'ailleurs ? Il n'y a pas de partie adverse. Ce n'est pas un combat dans les règles contre un adversaire précis. Ce serait tellement plus simple. L'adversaire avait le visage du procureur quand celui-ci assénait que Bélhazar s'est donné la mort, mais à présent il a été muté dans une île du Pacifique et Armelle continue d'assister à la destruction systématique de tous ses motifs d'espérer. Une seule solution : rompre avec l'espoir. Le fol espoir. Le mal qu'il nous fait quand il s'en va.

Fin 2015, l'enquête est terminée. La plainte déposée par Valentin Ribet aboutit à un non-lieu. Bélhazar se serait *auto-éliminé*, pour reprendre les termes ambigus de la juge. Il n'y a plus aucun recours et, même s'il y en avait un, on voit mal qui pourrait le porter. Qui oserait. Armelle est exsangue. Il n'y a plus que ce mur invisible, cette limite qu'on franchit au péril de sa vie.

Printemps 2019. Je travaille à ce texte depuis près d'un an. Impression que j'écris beaucoup mais que je n'avance pas. Que s'est-il passé entre-temps dans ma vie ? Rien. Rien d'inquiétant. Des broutilles, le tout-venant d'une existence. Chaque fois que je prends la voiture pour un long trajet, je fais une rapide prière. Je prie depuis mon enfance, une méditation avec des anges en toile de fond. Cela m'apaise. Je me sens protégé. Pourtant, rien de grave ne me menace.

La dislocation de mon couple s'est accentuée. Dans ma maison, je ne fréquente plus que mon bureau. Le dernier bastion. Faut-il y voir la malédiction de Bélhazar ? Non, plutôt la suite logique d'une relation qui touche à sa fin. Si je le voulais, je pourrais tenter quelque chose pour rétablir le cours de ma vie conjugale. De nouvelles concessions. Il y en a certainement que je n'ai pas encore faites. Mais sauver son couple, c'est comme réparer une chambre à air avec des rustines. Ça se faisait, autrefois. Ça ne marchait pas vraiment.

Il y a une autre raison, qui n'a rien à voir avec Bélhazar. Elle se situe au cœur du processus d'écriture. Chaque livre qu'on écrit demande un tribut. Je ne sais pas où est écrite cette loi, mais c'est pour moi une réalité : la création réclame l'abandon de quelque chose de précieux pour donner vie aux personnages. À chaque pas, après chaque effort, on est libre d'arrêter. Faire en sorte que cela ne soit pas trop douloureux. Protéger les autres et soi-même. Mais cela ne fonctionne pas comme ça. La littérature nous prend les trésors dont nous n'avions pas besoin : l'égo, le couple, la maison. Et nous laisse, auteur et personnages, ivres et nus à la fin du livre.

Les maçons ont une phrase que j'ai entendu prononcer sur les chantiers : « Avant une rénovation, il faut faire tomber ce qui doit tomber. » L'ancien, le pourri, le mort.

D'accord.

Que tombe ce qui doit tomber.

Je dois ressusciter un fait-divers, le ramener à la lumière, trouver sa vérité. Le combat contre la thèse du suicide a toujours été la cause commune entre les parents et moi. Ce livre doit détruire cette ignominie, cette double peine : Bélhazar n'a pas pu se donner la mort. Pas lui, pas le preux chevalier, pas le Regardeur de soleils. C'est une question de style. Et le style est plus infaillible que l'ADN. Il ne peut pas être Bélhazar et mourir ainsi. Il y va de l'honneur d'un jeune homme. Je suis là pour le défendre.

Mais voilà, la moindre de mes certitudes se fissure au contact des faits, et je ne peux passer sous silence, au motif que cela n'arrange pas les parents, les deux scènes qui vont suivre.

J'ai rendez-vous, à Saint-Brieuc, chez Christian, le notaire. Il m'a invité à dîner chez lui, avec sa femme et ses enfants. Chaque membre de la famille a quelque chose à raconter sur Bélhazar. Quel que soit l'âge, c'est toujours le même mélange de rire et d'émotion. La même impression d'avoir passé du temps avec un personnage unique.

À la fin du repas, Christian me prend à part.

— Il y a autre chose que je voudrais vous dire.

Nous nous tenons dans un coin du vestibule.

— C'est cette histoire... Une chose que je ne comprends toujours pas. Bélhazar a fait un stage chez moi dans le cadre de ses études, en décembre 2012. Il n'avait aucun goût pour le notariat, mais ça l'amusait, les secrets de famille, retrouver l'histoire d'une maison, la généalogie d'un champ perdu dans la campagne. On peut dire que pour ça, il était vraiment doué.

Je repense à l'un des mantras de Yann : « Quand on est doué pour une chose, on est doué pour tout. »

— Bref, reprend Christian, le stage se termine juste avant les vacances de Noël. Le dernier jour, il vient dans mon bureau pour un bilan. L'entretien se déroule normalement. Nous nous connaissons bien, nous étions partis en Martinique, ensemble, à la Toussaint, mais j'essaie de le traiter comme n'importe quel stagiaire.

« À la fin de l'entrevue, il me serre la main et me dit : "On s'est bien entendus. Dommage que ce soit si tard."

« Et il me laisse comme ça. Un peu plus d'un mois et demi avant sa mort.

« Depuis, cette phrase me poursuit. Je l'ai retournée dans tous les sens. Je sais qu'il était capable de dire des choses surprenantes, mais cette fois, j'ai du mal à comprendre.

Moi aussi, et je ne peux plus m'empêcher d'y penser. Qu'a-t-il voulu dire par « si tard » ? Cela n'a aucun sens. J'ai envie d'oublier cette phrase, de jeter par-dessus mon épaule cette petite pièce du puzzle, gênante et tordue. Mais la vérité est ainsi, gênante, tordue. Elle se murmure ou se bégaie. Et l'on n'écoute pas les choses qui sont dites à voix basse.

C'est ce que je vais faire. Je vais mettre cette phrase sous le tapis, encore pour un moment. Je vais la ranger au rayon des coïncidences. Même s'il commence à être très chargé. Jusqu'à ce qu'un fait nouveau le fasse s'écrouler.

Deuxième épisode, je suis à Saint-Brieuc. Quand ? Je n'en ai plus aucun souvenir, mais Yann veut me montrer quelques bricoles dont il ne sait pas si elles peuvent trouver leur place dans le musée. Nous fouillons, comme nous le faisons depuis maintenant deux ans. Près du bureau de Bélhazar, des armoires de rangement sont alignées. Je les remarque pour la première fois. Elles comportent des boîtes d'archives portant chacune un numéro. Peut-être cinquante en tout. Je demande à Yann :

— C'est toi qui as tout classé ?

— Pas du tout. C'est Bélhazar. Regarde la numérotation. Je n'aurais jamais pu faire ça. Si tu y comprends quelque chose, dis-le-moi.

Il ouvre l'une des boîtes et en vide le contenu sur le bureau. Des lettres attachées ensemble, de vieux stylos à pompe, des pièces anciennes et d'autres babioles dont seul Bélhazar connaissait l'usage.

— Impossible de savoir pourquoi il a voulu réunir ces choses entre elles. Ce que je sais, c'est que ça l'a pris soudainement. Il revenait de son stage dans l'étude de Christian. Il devait passer la première semaine des vacances de Noël chez moi. Il était à peine monté dans la voiture qu'il m'a dit : « Papa, il faut qu'on achète des cartons ! »

La mention du stage chez Christian a immédiatement rappelé à ma mémoire la phrase *gênante et tordue*.

— Bon, reprend Yann après un silence, on part acheter ses boîtes en carton. Mais quand j'ai compris qu'il en voulait des dizaines, j'ai voulu savoir pourquoi. « Je dois classer mes affaires. »

« C'était une drôle d'idée, comme il en avait une par jour. N'empêche que ça lui a pris le reste de ses vacances. Je lui disais : "Quand même, tu pourrais faire une pause !" Mais il voulait aller jusqu'au bout. Il est allé jusqu'à inventer ce code indéchiffrable. Il a fini le dernier jour. Chaque objet, chaque lettre, chaque coupure publicitaire avait trouvé sa place. Il lui restait un mois et demi à vivre.

Yann s'est tu et nous sommes restés en contemplation devant les armoires. Pas la peine de partager les pensées qui nous traversaient. Rien de tout ça n'allait dans le bon sens.

Armelle m'appelle régulièrement. En ces temps de révolte des gilets jaunes, l'actualité lui fournit des raisons de renouer avec sa colère. Chaque fois qu'un type se fait tabasser, je reçois un message. *Encore un jeune mort dans les bras d'un flic. C'est le moment de sortir ton bouquin.* Je lui réponds que l'écriture est difficile, longue, coûteuse, mais que j'avance, qu'il sera bientôt prêt. Et puis, il y aura d'autres violences policières. Mais en réalité, je perds pied et je ne peux pas lui dire.

Voilà ce qu'il me reste de mon enquête : un garçon de dix-huit ans, qui n'a pas la moindre raison de se donner la mort, se tire une balle dans la tête, avec sa propre arme, lors d'un contrôle de police.

Bavure ?

Mais le garçon portait sur lui une lettre étrange.

Mais il a dit à Christian : « Dommage qu'on se soit bien entendus si tard. » Et un mois et demi avant sa mort, il classait méticuleusement ses affaires.

Je perds pied, c'est-à-dire que je ne sais plus par quel bout prendre mon récit. Il était sous-tendu par la guerre, et la guerre est terminée. Il y a des soldats qui n'arrivent pas à l'admettre, elle les maintient en vie. J'ai peur qu'Armelle ne soit de ceux-là. J'ai peur de lui dire : « Ton fils s'est suicidé, c'est évident, n'en parlons plus. »

Chaque ligne que j'écris me semble imbibée de faux-semblants. J'adopte la posture du pourfendeur des injustices, je veux faire de toi une victime, celle de l'École, de la Justice, des flics. J'invente des personnages qui n'ont pas de chair, des scènes qui ne servent qu'à combler les vides. Je dérive à côté du sujet. Je sais que tu es là, rayonnant au milieu de tes Petits Amis. Mais je ne peux plus sentir ta présence, comme quand je marchais avec toi sur les pavés du port de Dinan. Tu me fuis. Quelle est la route à suivre, Bélhazar ? Laisse-moi te retrouver. Je ne crois pas à la thèse du suicide, ce n'est pas possible, pas toi. Alors que s'est-il passé ? Pourquoi as-tu donné cette impression que tu connaissais ta mort et que tu n'as rien fait pour l'éviter ? Que s'est-il passé, Bélhazar, le 13 février 2013, 13 rue de l'Éternité ?

Au cours de l'été 2020 est arrivé un coup de fil de mon éditrice. Des mois qu'on travaillait sur le texte, et puis voilà : elle n'y pouvait rien, mais la maison d'édition me *rendait ma liberté*. Euphémisme écœurant par lequel on vous congédie. Le contrat d'édition ? Déchiré. Pour quelle raison ? Aucune. Pas besoin d'explications. Tenez, puisque vous en voulez une : les temps sont durs. Cela n'a rien à voir avec votre talent. Remboursez ce qu'on vous a donné et allez vous faire publier ailleurs. En raccrochant, on a tous les deux pensé à un coup de Bélhazar.

J'ai compris, à ce moment-là, que l'étagère aux coïncidences allait s'écrouler. Je n'en ai parlé ni à Armelle ni à Yann. Mais j'ai arrêté de courir derrière un fantôme qui ne voulait pas qu'on le rattrape. J'ai effacé les quatre cents pages de cette course vaine. Deux ans après avoir commencé à écrire ton histoire, Bélhazar, je n'avais plus de livre.

Le silence, est-ce cela que tu veux ? Veux-tu que je dise à tes parents que tu as retrouvé les limbes d'où tu étais sorti, par une nuit d'orage, et qu'on ne saura jamais rien de l'univers que tu portais en toi ? Dis-le-moi. Si c'est cela, si c'est aussi simple, alors dis-le et tout est fini.

Commencent, dans la genèse de ce livre, les mois de jeûne. Au sens littéral. Je mange peu, je n'ai plus goût à ça. Je ne vois personne. Je fais du sport, de la course à pied, beaucoup de pompes, des étirements. Je passe une heure par jour en méditation. J'accomplis tout ça sans effort parce que je ne sais pas du tout ce qui se passe en moi. Il faut compenser la perte de l'écriture. Je ne m'en rends pas compte, mais je rajeunis, je me raffermis. En réalité, je me prépare.

Au quotidien, je m'accroche à mon boulot de prof, car c'est la seule chose à peu près stable qu'il me reste. Tes parents trouvent que je me fais trop discret. Ils s'inquiètent. Je ne viens plus en Bretagne. Pour quoi faire ? Quand je vois Armelle à Bidart, je reste évasif. Elle doit sentir sur moi l'odeur de la peur. Elle en reconnaît les signes, l'abattement, la gêne, le parfum âcre des espoirs déçus.

Je me prépare, sans savoir à quoi, ni même que je suis en train de le faire. Une attitude réflexe. Pendant la méditation, les séries de pompes ou les courses dans la campagne, la peur me parle. Jamais elle ne me demande d'arrêter. Au contraire, elle me chuchote que le texte doit exister. Que je suis protégé. Elle me dit que tu n'es pas content de la direction que j'ai empruntée, que tu fais barrage. Mais que je vais trouver. Elle me dit de laisser tomber ce qui doit tomber. N'est-ce pas ce que je suis en train de faire ? L'enquête est une impasse. Elle mène à la malédiction. Je n'ai aucune explication à donner à cela : tous ceux qui se sont aventurés dans cette voie sont morts ou ont été murés dans le silence. Alors j'écoute ma peur, son message à faible fréquence. Elle a des choses étonnantes à dire. Elle murmure ton message.

Suis-je en train de trahir la confiance que tes parents ont placée en moi ? Je leur dis que le texte avance, ce qui est vrai. Il avance dans ma tête, sous ma peau. Il se transforme. Parfois, j'ai l'impression qu'il se matérialise sous mes yeux, qu'une lumière projette sur les parois de mon cerveau toutes les pages, toutes les scènes. Il se déploie d'un coup et je peux embrasser l'ensemble. Je vois le récit jusqu'à le toucher. L'instant d'après, il a disparu. Alors je retombe dans l'apathie. Je ne peux toujours pas écrire un mot, mais c'est le moment où le processus de création est le plus puissant. Le travail a commencé. Ce texte qui s'est refusé à moi pendant deux années, que j'ai cru impossible à écrire, qui m'a fait perdre ma vie d'avant, mon couple, mon éditeur, ce texte qui est mort sous mes yeux, je le sens, il va éclore.

Je ne me lance pas tout de suite, mais je sais que palpite au fond de moi le nouveau livre de Bélhazar. Je reprends tout ce que j'ai écrit, jusqu'à la mort de Valentin Ribet. Et, comme Armelle, je m'arrête là.

Mais je sais qu'il y a une autre porte. Un autre chemin. Et qu'il n'a plus rien à voir avec ta mort, Bélhazar. Une voie pleine de couleurs et de vie, que tu as toi-même tracée, et qui passe par moi.

La piste du lapin blanc

Lancer mon hameçon dans l'eau calme d'un lac.
Au passage les carpes
Le fond de leurs yeux vides.

— Ça va bientôt se calmer.

Le tonnerre vient de retentir et, l'instant d'après, j'ai l'impression qu'un éclair va découper la maison. Je suis de retour chez Yann. C'est ici que je dois trouver le matériau de mon nouveau livre. Rien n'a changé : le salon plongé dans l'obscurité, le silence tissé de frôlements, la cire et la poussière nappant les objets endormis.

— En attendant que ça s'arrête, je vais te montrer les caves. Bélhazar y passait ses journées d'orage.

Nous descendons un escalier branlant pour arriver à une succession de pièces plongées dans une semi-obscurité. On imagine sans mal Bélhazar régner sur ce dédale menant à des salles au trésor : bagages en cuir débordant de vieux habits, chapeaux, gants, lettres parfumées dans des boîtes en métal, piles de libelles écrits par son oncle fou tapissant les murs humides. Dans un coin, éclairée par une ampoule de chantier, la banane publicitaire, jaune, en fer-blanc, dort de son sommeil d'ancienne vedette rongée par la rouille.

— Regarde par-là.

Il y a deux grosses formes noires sous des bâches. Il soulève l'une d'elles : un coffre-fort.

— Bélhazar voulait qu'on les mette ici. Tu n'imagines pas le poids que cela pèse. Pas moins de trois cents kilos chacun. Pour en faire quoi ? Aucune idée. Même chose pour le second, dans le coin.

Ce sont des répliques de coffres de western, avec leurs serrures à combinaison et le volant à trois branches pour les ouvrir.

— Tu t'es déjà demandé à quoi tout ça pouvait lui servir ? À part jouer aux cow-boys, bien sûr.

Il me regarde d'un air meurtri.

— Comment ça « à part jouer » ? Mais c'est le jeu qui est essentiel ! Il était au centre de notre vie, à tous les deux. Si tu ne vois pas ça, tu ne peux pas comprendre. Nous avons joué, tout le temps, en inventant des histoires, en créant des personnages. C'est pour ça que Bélhazar se promenait avec ses Petits Amis. Tout ce que nous avons fait, c'était par jeu. Quelquefois, les règles étaient très simples. En voyage, on tapait dans une boîte de conserve pour se dégourdir les jambes. Mais d'autres fois, il inventait des règlements beaucoup plus complexes. Le jeu, c'est la matrice de tout le reste. Tu peux rien comprendre sans ça.

Et il conclut, en lançant un regard au coffre-fort :

— Tout ce que tu as sous les yeux, cela fait partie d'un plan, une organisation plus vaste dont le but est de s'amuser. Le reste est superficiel. J'ai appris à Bélhazar à jouer. Ça, oui. Après, je ne sais pas jusqu'à quel point il est allé. Il était très doué. Beaucoup plus que je ne l'aurais jamais imaginé. Et puis, il avait cette façon de prendre au sérieux tout ce qu'il entreprenait. Il voyait grand. Le jeu, c'était sérieux. Le reste, pas du tout.

Tout en l'écoutant, j'essaie d'ouvrir le coffre. Mais sans le code, aucune chance. Que peut-il contenir ? Je me prends soudain à rêver qu'il recèle la règle d'un grand jeu de piste imaginé par Bélhazar et sur lequel je me promène depuis des années. Je demande :

— Tu n'as pas envie de savoir ce que Bélhazar a bien pu mettre dedans ?

— Non. Pourquoi savoir ? Les minutes que nous avons vécues sont derrière nous, maintenant. Que pourraient m'apprendre ces coffres ? Rien qui puisse faire revivre ces instants. Alors je laisse les secrets là où ils sont.

Nous avons dîné, ce soir-là, avec ses deux sœurs. Nous avons peu parlé. J'ai pris prétexte d'une grande fatigue pour rentrer à mon hôtel.

— Je n'ai pas réservé de chambre, mais Armelle m'a dit qu'à cette époque de l'année ça ne posait pas de problèmes. Je dormirai à Dinan.

Il y a eu un silence, pendant lequel je pouvais presque entendre réfléchir les deux sœurs. Yann a dit :

— Avec ce qui continue de tomber dehors, c'est imprudent de se lancer sur la route. Reste, ce soir, tu vas prendre la chambre de Bélhazar.

J'ai senti un frisson me monter le long du dos. Les sœurs de Yann me souriaient.

Il fallait bien que ça arrive.

Je connaissais son bureau-atelier. La chambre se trouvait de l'autre côté du couloir. Quand on considère que les toilettes et la salle de bains n'étaient utilisées que par lui, on comprend que cet étage, le dernier, était le sien. Ici, tout bruisse et vibre, le parquet en châtaignier gémit sans raison, et les greniers grouillent de vie furtive.

Je déballe mes affaires sur le lit en essayant de ne pas prendre trop de place. Je lance quelques coups d'œil par-dessus mon épaule. Avant d'aller me coucher, je fais un tour d'inspection pour vérifier si toutes les fenêtres sont bien fermées. Je regarde sous le lit. Les ressorts sont usés. J'ai l'impression de me coucher dans le fond d'une chaloupe qui prend l'eau. Je m'attends à peu dormir, cette nuit.

Dehors, l'orage éclate encore à intervalles réguliers. Des rais de lumière traversent les persiennes. Je relève la couverture jusqu'à la ligne de mon regard. Un battement de cœur plus fort que les autres ; une bulle d'air remonte dans ma gorge. Ma peau s'irrite du contact des draps. Dès l'instant où je me suis endormi, il m'a semblé entrer à l'intérieur du coffre-fort. Il était noir et infini. Dans le fond, de l'eau clapotait.

Je suis assis au bord d'un lac, je regarde passer les carpes qui chauffent leur dos au soleil. Parfois, elles glissent un œil au ras de l'eau avec cet air surpris que le monde soit encore là. J'attrape ma canne à pêche et je jette l'hameçon sous leur nez. Mais le courant emporte mon fil vers les roseaux. Soudain, il se tend. Je ferre d'un coup sec : impossible de ramener ma prise. Sans doute est-elle trop grosse. Le moulinet se bloque. Des rayons de lumière blanche ricochent sur l'onde jusqu'à frapper mes yeux. Je veux ramener la carpe par petits coups répétés, mais ma ligne, au lieu de plonger dans les profondeurs, se tend à l'horizontale. Puis, l'instant d'après, elle s'élève vers le ciel et je découvre, sortant des roseaux, un oiseau. Un long héron majestueux. Bleu, aux reflets argent. Je le regarde s'envoler avec ma ligne au bout du bec. Il disparaît dans les nuées, déroulant mon fil après lui.

— Alors, tu as vu, on dort bien là-haut !

J'acquiesce poliment. Yann a préparé un petit déjeuner devant lequel je m'attable. Il est en forme :

— Prends des forces, nous avons beaucoup de choses à voir, aujourd'hui.

— Le musée ?

— Oui, mais d'abord, il faut que je te montre un truc qui dort dans le garage.

Il doit me sentir inquiet, car il se sent obligé de me rassurer :

— Pas un cadavre, un taxi de la Marne !

Je finis à peine mon bol de chicorée.

Le garage se trouve à dix minutes à pied. Yann sort une manivelle de sous son manteau et le rideau de fer se lève sur un antique châssis de voiture. Qui possède un taxi de la Marne au fond de son garage ?

Le souvenir de mon rêve ne s'était pas encore dissipé. Pêcher un oiseau. Le fil se tend.

Alors que j'en fais le tour, Yann commence :

— Nous étions partis en vadrouille, en direction l'Europe de l'Est. Au début de l'après-midi, nous voilà du côté de Meaux, le long du canal de l'Ourcq. Tu vas peut-être trouver ça bizarre, mais Bélhazar avait un don prophétique pour sentir les endroits. Il était capable de dire, deux virages avant : « Papa, on va tomber sur une petite route avec un coin joli pour le pique-nique. » Et c'était vrai. Je n'ai jamais essayé de comprendre comment il faisait. Cette fois-là, on n'était pas d'accord sur le programme. Je voulais rouler encore. On avait parlé de Verdun et on en était encore assez loin. Alors on s'est arrêtés sous un arbre, au bord de la route. Nous avons parlementé quelques instants, jusqu'à ce que Bélhazar parvienne à me convaincre, avec cette histoire de taxis. C'était tout près. On a déballé la table et on s'est fait cuire quelques côtelettes qu'il avait achetées le matin même dans une boucherie de village.

L'œil de Yann pétille, signe d'une digression à venir :

— Ça me rappelle une autre fois. Il s'était mis en tête de trouver de l'or. Il m'explique qu'il y a des mines inexploitées en Hongrie. Pourquoi la Hongrie ? Aucune idée. Ça lui venait comme ça.

« Sur la route, en pleine campagne, il m'indique un coin pour le repas. On s'arrête. Je vais chercher du bois sec, et pendant ce temps il a préparé la table du pique-nique. Tu sais ce qu'il avait prévu ? Je te le donne en mille. De la joue de bœuf ! C'était le jour de mes cinquante ans. Où avait-il dégotté de la joue de bœuf ? Je n'ai jamais su. On faisait des haltes dans les villages, sans doute qu'il avait trouvé un boucher ouvert. En tous cas, c'était délicieux. Au début du repas, il me sort une bouteille qu'il avait mise à rafraîchir dans le lit d'un ruisseau. "Tiens, me dit-il, on ne trouvera pas d'or, mais on aura au moins ça !" C'était un vin de Tokai, doré comme les cheveux d'un ange.

Après ce souvenir, Yann fait une nouvelle pause. La pluie a bâti un quatrième mur devant la porte du garage. Dans ces moments-là, Yann me semble ailleurs. Il déroule son récit au gré de ses souvenirs, comme s'il était au volant de sa voiture, obéissant à l'itinéraire choisi par un copilote invisible.

À un moment, il souffle : « C'était fou, ce gosse... »

On sent qu'il n'y croit toujours pas. Qu'il n'en est pas revenu. Qu'il n'en reviendra jamais. Et je repense au seul prénom sur la tombe.

Il revient :

— Où en étions-nous ?

— La Marne.

— Ah oui. On a fini par trouver un guide. Le type a arrangé un peu les faits, car cette histoire avait surtout aidé à remonter le moral des troupes. À la fin, il nous a amenés devant un modèle Renault AG-1. Bélhazar a ouvert de grands yeux. Le coup de foudre. Sur le chemin du retour, il m'a dit : « Il faut qu'on trouve un taxi comme ça et qu'on le ramène chez nous. »

« J'étais d'accord, bien sûr.

« Aux grandes vacances suivantes, un camion a livré la cargaison. Bélhazar commandait la manœuvre. Les livreurs n'en revenaient pas. Il avait à peine douze ans. Ils ont enlevé la bâche, et ils ont déposé dans le garage un châssis avec un moteur dessus. Une règle datant de l'après-guerre veut que les taxis déclassés soient vendus sans leur carrosserie. Aucune importance. On allait le recomposer. Morceau par morceau. Et le voilà !

Cette carcasse, je l'ai devant moi. Le taxi est loin d'être fini, mais il a déjà belle allure.

— Alors, comment le trouves-tu ?

— C'est assez incroyable.

— Oh, ce n'est rien. Vraiment pas grand-chose, comparé au reste. Mais c'est vrai que ce taxi, on n'en était pas peu fiers. C'est Bélhazar qui faisait toutes les soudures. Il aimait beaucoup ça. Maintenant, c'est moi. Forcément, c'est moins bien.

La pluie est torrentielle. Des éclairs, par instants, déchirent la couche de nuages. Pas la peine de se risquer là-dessous. Yann me montre quelques babioles qui auraient fait la joie d'un brocanteur, tandis que je prends place sur la banquette. Il fouille dans une caisse, en sort une chemise en cuir fermée par un vieux lacet, et me la tend.

— Là-dedans, tu trouveras une lettre. Ça devrait t'intéresser. Attention, elle est d'époque !

Je la déplie soigneusement.

Yann a disparu au fond du garage. J'en commence la lecture.

365ᵉ Régiment d'infanterie – 17ᵉ Compagnie
Rapport sur l'enquête
faite concernant la disparition
du sous-lieutenant Martyn au combat d'Ornes,
le 14 décembre 1914.

Il y a une faute au patronyme, on a escamoté le *i*, remplacé par un *y*, mais c'est bien le nom de la famille maternelle de Bélhazar. La lettre a été écrite par le sous-lieutenant Chamfort, commandant la 17ᵉ compagnie. Je la parcours une première fois. J'ai dans les mains le récit officiel des dernières heures du grand-oncle de Bélhazar. Le tonnerre frappe au-dessus de nous. Les détonations de l'orage se font de plus en plus fréquentes. Un vrai bombardement.

— Un colis pour votre lieutenant !

Le 13 décembre 1914, l'ordonnance du sous-lieutenant Martin, le soldat Coquet, est interpellée par le vaguemestre, qui lui remet un petit paquet de forme rectangulaire. Coquet s'en saisit et court vers l'école où sont cantonnés les officiers subalternes.

— Mon lieutenant, il est arrivé !

Une chance, Martin attendait ce paquet depuis une semaine et s'il n'arrivait pas ce jour-là, c'était trop tard.

Assis sur son lit de camp, il prend le paquet et en coupe les ficelles à la pointe de son couteau de tranchée. Il déchire le papier et découvre une boîte en merisier. Il soulève le petit fermoir de cuivre. Dedans, un pistolet. En 1914, chaque officier de l'armée française est doté d'un revolver modèle 1892. Mais Martin n'en veut pas. Il connaît bien les armes. On peut même dire qu'il les aime. Ce n'est pas un va-t-en-guerre pour autant. Il serait plutôt collectionneur. Il reproche au modèle 1892 la faiblesse de ses munitions. Dans les tranchées, on se moque des officiers qui partent au feu avec. Ça tire des pommes de terre ! Qu'importe, les occasions de s'en servir sont de toute façon très rares. La plupart du temps, on crève sous les obus. En revanche, c'est un bel objet. Le sous-lieutenant en apprécie la détente jaspée, le gravage élégant de la manufacture de Saint-Étienne. Mais un détail, qui n'en est pas un pour lui, l'agace. Il reproche à ce revolver le trop fort kilo de pression de la détente. C'est une enclume. La raison en est simple : cette arme est faite pour le combat rapproché. On sent, à la force qui faut mettre pour arriver à presser la détente, qu'elle ne peut pas être actionnée sous le coup de la peur. On ne tire pas par hasard, avec un modèle 1892, ni sur l'effet d'une décision rapide. C'est une arme pour tueur déterminé. C'est cela qui gêne Martin.

L'écrin en merisier s'ouvre sur un intérieur garni de velours carmin. Sa nouvelle arme n'est pas vraiment belle et ce n'est pas son écrin d'origine. Peu importe. Il s'agit du Ruby 7.65, fabriqué au Pays basque. Ce pistolet équipera l'armée française six mois plus tard, le sous-lieutenant Martin est en avance sur son temps. Coquet se souvient très bien de son regard émerveillé lorsqu'il a ouvert la boîte. C'est son frère qui la lui a adressée, depuis l'arrière, à sa demande. Le pistolet n'avait jamais servi et l'odeur qui s'en dégageait était celle de l'huile d'entretien. Aucune balle dans le magasin, une dans la chambre.

Il est 20 heures. Le sous-lieutenant Martin a terminé sa journée, il a reçu les instructions, donné les derniers ordres à ses sous-officiers, il est assis sur le bord de son lit.

Lentement, comme s'il profitait de chaque instant, il tend la main vers un flacon d'alcool de menthe Ricqlès posé sur sa malle de campagne. Il en prend une lampée, s'en gargarise avant de la recracher. Il sort de son « as de carreau » un blaireau, un miroir formé d'une simple plaque de métal poli, un savon à barbe Gibbs et un rasoir Valet AutoStrop. La toilette dure une quinzaine de minutes, pendant lesquelles le Ruby reste posé bien en évidence sur la malle. Le roulement des tirs d'artillerie au loin n'inquiète plus personne.

Un peu plus tard, Martin envoie Coquet se coucher. Une mèche de son épaisse chevelure noire, coupée ras sur les côtés, lui barre le front. Un sourire indéchiffrable flotte sur ses lèvres. L'ordonnance s'en souviendra, parce qu'à ce moment personne d'autre ne souriait.

L'assaut est prévu pour le lendemain.

Le matin, vers 9 heures, le sous-lieutenant Martin se trouve à la lisière nord-est du bois avec un groupe d'hommes de sa section. L'assaut victorieux a déjà eu lieu, car les Jumelles ont été prises à 7 h 30. Des fortifications ont été réalisées, à la va-vite. Les Français s'attendent à défendre la place. Mais ils n'ont pas prévu le déferlement qui va avoir lieu. De partout, en un jet continu, les troupes allemandes contre-attaquent. 9 heures, c'est le moment où la situation commence à basculer.

Martin est dans un fossé, avec ses hommes. Son « as de carreau » a pris une balle. Elle a dû se ficher dans sa vaisselle ou son nécessaire de toilette. Il ne semble pas blessé. Un vrai coup de chance.

Quelques instants après, le soldat Bottin Alfred vit nettement qu'il reçut une balle à la tempe gauche et qu'il s'affaissa contre terre... sans proférer une seule plainte.

Un instant, la mort vous évite, les dieux sont avec vous. C'est donc que vous devez survivre. L'instant d'après, c'est fini. À quoi sert la chance ?

À faire trois pas de plus.

À moins que ces trois pas du sous-lieutenant Martin n'aient eu un sens. Peut-être ont-ils permis un geste de plus, que je ne comprends pas, mais qui lui était nécessaire ? Un pas pour lequel il aurait organisé toute sa journée, ce dimanche poisseux sous les bombardements, une intention secrète ? Que peut-on vouloir faire sur un champ de bataille, à l'aube d'une attaque, quand les chances de recevoir un éclat d'obus sont si importantes ? Qu'y a-t-il de plus urgent que de ne pas mourir ?

Rien. Tout revient à mourir, devant les Jumelles d'Ornes. Mais à sa façon. Pas les boyaux à l'air et la gueule dans la boue. De la façon la plus noble...

« La manière la plus noble... »

Martin gît à terre. Ses hommes se font massacrer. Seul Bottin, à l'heure où sonne la retraite, vers midi, sera en mesure de s'extraire de ce charnier. Dans le rapport, c'est lui qui raconte la mort des camarades et du sous-lieut'. Il affirme que ce dernier *tenait dans sa main son revolver.*

Le lendemain, la 20e compagnie envoie des hommes relever les blessés. Le soldat Rémy Bonnet affirme aussi avoir vu *Monsieur Martyn, officier, qui avait du sang sur la figure et qui tenait à la main son revolver.* Le Poilu a le temps de faire le tour du cadavre. Une balle a percuté Martin derrière l'oreille gauche et est ressortie de l'autre côté du crâne. Il récupère l'arme et la rapporte à son lieutenant. Pour le corps, il ne peut rien. La relève des cadavres par les brancardiers n'a pas été autorisée par l'ennemi à cet endroit précis, la lisière du bois. Le corps du sous-lieutenant Martin restera donc aux mains des Allemands, ou plus certainement incorporé à la terre de France, dans le flanc des collines.

À Ornes, Coquet croise Rémy Bonnet.

— Au fait, lui dit ce dernier, j'ai récupéré le revolver de ton sous-lieut'. Je l'ai donné à Présalé. C'est tout ce que j'ai pu prendre parce que, le pauv' vieux, il est resté sur la côte, et pour un bout d'temps.

Coquet remercie. Il aimait bien Martin. Il pense à l'arme et, tout de suite, il a un drôle de pressentiment. Bonnet a parlé d'un revolver.

— C'est pas normal, marmonne-t-il.

Alors, règlement-règlement, il se sent obligé de remettre un rapport, ce qui a le don d'emmerder son supérieur.

— Coquet, lui demande Présalé, vous vous souvenez de l'arme d'ordonnance du sous-lieutenant Martin ?

— Oui mon lieutenant, facile, c'était un modèle 92. Mais ce jour-là, je suis à peu près sûr que le sous-lieutenant est monté au front avec un pistolet. Un tout neuf !

— Comment ça, tout neuf ?

— Il l'avait reçu de son frère la veille. Je sais bien, c'est moi qui le lui ai apporté. Il était drôlement content.

Le lieutenant Présalé sait qu'il y a un truc qui cloche, sinon il lui ferait manger son rapport, à Coquet. On lui a apporté le revolver modèle 1892 de Martin, qu'il a rangé dans le tiroir de son bureau, et, dans le barillet, il ne manquait aucune balle. Bon, il se peut que Martin n'ait pas eu le temps de tirer, mais il avait déjà essuyé plusieurs fois le feu, et sa cartouchière n'était pas sur lui. On l'a retrouvée dans sa malle. Tout indique en effet qu'il se serait servi d'une autre arme. On ne passe pas deux heures sous la mitraille sans tirer un coup de feu ! Qu'est-ce que c'est que cette histoire ? Présalé pensait faire une simple vérification administrative, et voilà que rien ne colle. Encore du temps perdu. Pendant ce temps, l'ennemi se goberge à quelques kilomètres de là. Bordel de paperasses !

— L'arme que Bonnet a trouvée sur le sous-lieutenant n'est pas neuve. Et c'est un revolver d'ordonnance tout ce qu'il y a de plus réglementaire. Alors, qu'est-ce qui vous pose problème, Coquet ?

— Rien, j'en ai aucune idée, répond le soldat, qui sent la colère de l'officier monter.

— Ça suffit, foutez-moi le camp ! hurle Présalé, qui attend que le soldat ait fermé la porte pour faire du rapport une boule et l'envoyer valdinguer dans la corbeille.

— De toute façon, tout le monde s'en fout !

Il n'a pas tout à fait tort car, dans deux jours, il prendra un éclat d'obus en plein ventre.

En attendant, dans la petite rue d'Ornes, Coquet marche sur la terre spongieuse jusqu'à son baraquement. Le seul survivant du groupe avec Bottin ne peut rien expliquer. Et surtout pas les raisons pour lesquelles Martin n'est pas parti à l'assaut avec son Ruby tout neuf. C'est quand même étrange, pense-t-il. Il aurait repris sa vieille arme de service. Mais alors, pourquoi s'en faire envoyer une autre ? Pourquoi montrer tant de joie à l'idée de la recevoir, si ce n'est pas pour partir avec, le lendemain ? Tout ça pour se faire zigouiller, en plus ! Bien étrange, tout de même. Il avait l'air si content.

Deux jours plus tard, il est à la soupe. Les Allemands ont fait des Jumelles une position imprenable, mais les Français sont toujours là, à les regarder dans l'attente d'un nouvel endroit stratégique où aller se faire trouer la paillasse. Pour l'heure, ils prient pour qu'aucun chef ne leur donne l'ordre d'aller se suicider sur les flancs des deux garces. Dans le cercle de soldats assis autour d'une cantine, l'un d'eux fume sa pipe en lâchant un pet.

— Dégueulasse !

— Qui est prêt à perdre un peu de pognon ?

— Tu veux jouer ? Mais je t'ai déjà plumé hier. T'as plus rien !

— Pas vrai. J'ai un truc qui devrait vous plaire. Chuis sûr que vous allez aligner les talbins pour l'avoir. Regardez.

Le soldat Rémy Bonnet sort des replis de son manteau un pistolet Ruby, tout neuf.

— J'ai pris ça à un pauv' gus qu'en avait plus besoin.

La pluie a cessé. C'est le silence qui m'a sorti de ma lecture. Je relève la tête, Yann n'est plus dans le garage. Je range le document dans la chemise de cuir et j'abaisse le rideau de fer. Je refais en sens inverse le chemin vers la maison. En prenant mon temps.

Un dimanche, comme le dimanche 13 février.

Une lettre, comme celle que Bélhazar portait sur lui.

Une arme, sa fameuse « pétoire », en réalité un Ruby 7.65, en dotation chez les officiers à partir de 1915. Celle du sous-lieutenant Martin.

Un trou dans la tempe, plus précisément derrière l'oreille.

Deux morts violentes, à presque cent ans de distance. Tellement ressemblantes qu'on pourrait les superposer.

Bonne idée. Essayons.

La superposition de deux instants aux contours symétriques, séparés l'un et l'autre par un siècle. Deux instants que la main de l'artiste rassemble. Comme un collage de Poilus de Bélhazar.

Je prends pour décor la rue de l'Éternité. L'arrêt de bus, les marches, la pente du parking, les murs très hauts du couvent des Cordeliers. J'y ajoute les bombardements en fond sonore. Un obus toutes les sept secondes. Les soubresauts du sol. Le macadam se transforme en boue noirâtre. Il laisse échapper des colonnes de fumée qui montent vers le ciel zébré d'éclairs.

Au second plan, Jordan démarre son scooter tandis que les deux autres mangent leur kebab. Ils ont les épaules un peu voûtées, on ne distingue pas bien leur visage. Des lumières bleues et rouges tapissent soudain les murs du couvent. Des éclats de voix montent depuis le port de Dinan. L'assaut.

Au premier plan, la silhouette du sous-lieutenant Martin. Un trou dans son « as de carreau », pantalon garance maculé de boue. Il a des moustaches façon Belle Époque. Il avance péniblement dans la rue de l'Éternité, sous la mitraille. Les deux garçons, au fond, finissent leur sandwich en répondant aux questions des gendarmes. Martin va passer devant sans les voir. Il s'arrête, au mépris des balles qui sifflent, sort de son étui en cuir le pistolet tout neuf.

C'est à cet instant que Bélhazar prend la fuite, tenant le Ruby dans la main droite. Il est rattrapé par le gendarme, ceinturé, il tombe, pile à l'endroit où le sous-lieutenant s'est arrêté. Les deux silhouettes exécutent à présent le même pas de danse. Une vrille. Symétrie parfaite. Les deux bras se lèvent en même temps, l'angle droit du coude parfaitement aligné, le canon de l'arme pointé vers la tête. Une détonation, et le même sursaut de la chevelure, de l'autre côté du crâne.

— Pas le temps aujourd'hui, nous irons voir le musée demain. Mes sœurs sont sorties, on va déjeuner sur le pouce.

Pendant que nous disposons sur la table les restes tirés du frigo, j'interroge Yann sur la famille d'Armelle. Je veux savoir d'où vient le sous-lieutenant Martin. Et pourquoi il me fait tant penser à Bélhazar. Yann me raconte l'histoire d'une famille plutôt aisée, mais qui va se disloquer au gré des aventures, de Normandie en Nouvelle-Calédonie, de fortunes en faillites. Je me méfie de l'imagination de Yann, alors je précise ma question :

— Que se passe-t-il avec les armes à feu, dans cette famille ?

Les armes. Le fil. J'apprends que les hommes ont souvent connu une mort violente. Deux frères, militaires de carrière, en manipulant une grenade, un autre lors d'un accident de chasse, dévoré par ses chiens, un grand-père officier de marine qui a disparu dans les eaux du Pacifique en voulant sauver un marin de la noyade. Depuis le sous-lieutenant, une procession d'hommes d'action qui tombent au cours de ce XXe siècle mortifère. Ils payent le prix du courage.

— De l'autre côté, les femmes sont fortes, ajoute Yann. Fortes et dangereuses. C'est pour cette raison que je ne me suis jamais marié...

Dangereuses ? Je vois bien ce que veut dire Yann : le mythe de la sorcière. L'homme sensible prête facilement aux femmes un surcroît de puissance et des pouvoirs surnaturels. Mais la réalité raconte une autre histoire. À la mort de leurs hommes, les femmes de la famille Martin se retrouvent seules. Le deuil précipite leur indépendance et fortifie leur caractère. Longues, minces, vêtues de noir, résistantes à la mort, elles impressionnent. Ce sont des survivantes. Peut-être Yann a-t-il eu peur de ces tragédiennes ? Il ne serait pas le seul.

Reste cet héritage macabre : la litanie des hommes morts. Bélhazar était en droit de la refuser. Rejeter les armes, s'intéresser aux plantes, comme Armelle lui en montrait le chemin. Ce qu'il faisait, d'ailleurs, mais en revenant sans cesse à son obsession. La guerre. Je repense à la lettre qu'il portait sur lui : mourir « de la manière la plus noble », par arme à feu. Qu'y a-t-il de noble là-dedans ? À moins d'avoir tissé avec cette arme un lien tout à fait personnel. À moins d'avoir un compte à régler avec le sort.

Yann retourne à ses occupations, et je monte dans ma chambre. Je m'allonge sur le lit et je regarde ta photo, celle où tu arpentes, dans ta veste militaire, la plage de Poé, en plein été. Ton front est plissé. À quelle mise en scène es-tu en train de penser ?

Je ne saurai sans doute jamais ce qui a provoqué ton geste, cette nuit du 13 février, mais je commence à comprendre ce que tu faisais avec ta pétoire à la main. Ces habits militaires qui terrifiaient tes vieilles profs, ce goût des armes de collection, cette obsession de la Première Guerre. Tu portais en toi les morts de ta famille. Tu persistais à vouloir leur donner vie.

Toute la fin des vacances de Pâques, soit une bonne semaine, j'ai dormi dans le lit de Bélhazar. Ce qui à mon arrivée provoquait chez moi une terreur indicible ne me faisait plus aucun effet. J'étais comme chez moi. Mieux que chez moi. À ce point qu'une nuit, j'ai reçu une visite.

Je me trouvais à la lisère du sommeil. À cet instant de basculement où les rêves prennent le plus d'incarnation. Les mains croisées sur la poitrine, j'étais attentif aux moindres craquements du bois. Mes yeux sont-ils ouverts ? Non, je crois qu'ils sont fermés. Ce sont les yeux *du dedans*. C'est dans cet état que je l'ai entendue.

Ma grand-mère, sa façon de s'approcher en déplaçant très peu d'air. Économe en tout. Peut-être n'était-ce qu'un autre grincement des lattes du parquet, le gémissement du vent dans la toiture. Pourtant, j'étais prêt à parier que c'était bien sa voix, son tremblé dont s'échappait encore quelques notes aiguës. Et cette voix racontait une histoire. Elle faisait parler les animaux. Il était question d'un lapin belliqueux, armé d'un bâton, qui pourchassait des renards, des loups, des hommes. Ça l'amusait. Ma grand-mère se rangeait du côté des animaux. Au fond de sa table de chevet, elle avait mis du coton pour que les serpents y fassent leur mue, et elle élevait des chauves-souris dans ses placards. Le réel l'ennuyait. Elle espérait que la Vierge lui réapparaisse – parce qu'elle l'avait déjà vue, une fois, et en attendant elle se serait contentée d'extraterrestres. Les adultes, tout autour, disaient qu'elle n'était pas très intelligente, et pourtant elle faisait tourner son pendule à toute vitesse, voyait des boules de feu traverser la maison et faisait pousser les plantes en leur parlant. Moi, je la trouvais sensée. Simplement, elle débordait, quelquefois, de l'autre côté du monde. Cela se passait surtout pendant les lectures du soir. Elle retournait la réalité comme une crêpe Suzette, et les animaux, par sa bouche, se mettaient à parler.

Elle est morte, et j'ai cru qu'avec elle avait disparu la magie des soirs d'enfance. Éteinte, la voix des animaux. Mais c'est sa silhouette gracile qui se dessine là, dans le chambranle de la porte. Que veut-elle me dire ? Elle ne m'explique rien. Ne me voit pas. Mais je comprends que ce n'est plus à elle de faire parler les animaux.

Je suis de retour au Pays basque après quinze jours passés à Saint-Brieuc. Je serais bien resté dans la chambre de Bélhazar, entouré de ses œuvres, les laissant infuser en moi. Avant de partir, j'ai photographié un tableau, un panorama, qui semble la reproduction du jardin d'Éden trempé dans un tourbillon de couleurs vives. Ce tableau m'obsède. À son centre se dresse un arbre, un jeune peuplier, devant une vallée bordée de montagnes bleues. Il y a quelque part un vide, invisible, menaçant. On ne voit pas de précipice, mais on sent l'inquiétude provoquée par sa présence. Comme si l'artiste avait réussi à peindre la peur. D'un côté, le jour se lève, de l'autre, une myriade d'oiseaux noirs s'envole. Au-dessus des falaises, là où devrait se trouver le ciel, le paysage se poursuit. Confusion du dessus et du dessous. Comme le panorama d'un monde inversé. J'ai beau chercher, cet endroit ne ressemble à aucun lieu reconnaissable. La raison en est simple : il ne peut pas exister. Il ne ressemble pas à quelque chose de réel. Il me fait penser à un lieu, dans la forêt, auquel je rêvais souvent lorsque j'étais enfant. Au réveil, j'étais certain de pouvoir le retrouver. Et bien sûr, quand je me rendais à l'emplacement exact où il devait se trouver, il n'y avait rien. De quel rêve halluciné, Bélhazar, as-tu extrait cette vision ? Est-ce le monde où habite le Regardeur de soleils, celui qui rend la lumière après l'avoir bue des yeux ?

Encore six mois et après j'arrête

Ce message me tombe dessus un soir, en revenant de cours. Je suis à peine arrivé chez moi. Les SMS, le plus souvent, on n'y comprend rien, mais celui-là est plein de sous-entendus qui m'inquiètent.

Je peux te tel ?

La voix d'Armelle, à peine audible. La connexion est mauvaise, mais c'est surtout le vin qui englue les mots dans sa bouche.

Quand la nuit s'avance, à partir de 19 heures ou 20 heures, elle a envie d'en découdre. Elle s'appuie sur l'énergie de la colère pour sortir d'elle-même. Cracher le feu. Je la soupçonne de m'appeler de préférence dans ces moments-là.

Elle m'en met plein la gueule. Dans le fond, je trouve ça normal.

Les reproches tombent. Qu'est-ce que je fous avec ce livre, je vais le sortir quand ? Je l'entends qui ricane au bout du fil. « T'as qu'à le faire publier à compte d'auteur et arrêter de faire chier. » Elle dit que je fais ma sauce dans mon coin, mais que je ne respecte pas le contrat qu'on avait passé... Elle ne croit plus en rien, surtout pas en moi. J'essaie de m'expliquer, mais elle me coupe, et mes dénégations se perdent dans les voix qui s'entrechoquent. Je comprends quand même qu'elle veut vendre son appart et qu'elle est seule pour faire le déménagement. Tous les copains envolés *comme une nuée d'étourneaux*. Je me demande si je ne suis pas le seul ami qu'il lui reste. D'ailleurs, moi, je l'aiderais bien, si je n'habitais pas à sept cents kilomètres. Et c'est peut-être exactement ce que je suis en train de faire, depuis des années. Son déménagement... Ce qu'il lui faut, pour l'aider, c'est quelqu'un qui ne craint pas la mort. Je veux dire par là : qui ne craint pas son fils. Car cette fois, ce n'est plus la maison de Saint-Lunaire qu'on vide, mais l'appartement de Dinan. Le salon, la cuisine, le couloir devant la porte où il se tenait là, le samedi matin, avant de partir pour son club de tir. Quand on perd quelque chose, on va le chercher dans le dernier endroit où on l'a vu. Il est donc crucial que tout reste en l'état pour avoir une chance de le retrouver.

Mais Bélhazar ne reviendra pas. Pas comme ça. Pas ici. Alors ton déménagement, Armelle, c'est moi qui le fais, meuble par meuble, page par page. Tous les souvenirs empilés sur mon dos, tout le poids d'une vie, et tes coups de fouet dans mes jambes. Il faut bien que quelqu'un t'aide à porter tout ça. J'ai toujours eu un faible pour Simon de Cyrène.

Aux yeux d'Armelle, Bélhazar n'est pas mort. Elle ne le reconnaîtra jamais. Son fils erre dans les limbes. C'est pourquoi je ne l'ai jamais vue pleurer. Si elle a versé des larmes, elles sont restées secrètes. Je l'ai entendue raconter la mort de son fils sans vaciller. À la guerre comme à la guerre. Considérant ce livre comme sa dernière bataille. Ce n'est pas du déni. C'est un combat pour le repos de l'âme. Et ce repos se trouve dans la légende qu'on tisse. Un linceul de mots. Tant que l'histoire n'est pas bouclée, on ne déménage pas. On tient. Et on se bat.

Il faut qu'elle tienne. J'ai au fond de moi, en permanence, la peur qu'elle ne flanche. Je lui demande :

— ... ton SMS, qu'est-ce que tu voulais dire par « ... six mois et après j'arrête » ?

— Ton livre... Bélhazar... j'arrête.

Une boule d'angoisse monte dans ma gorge. Je l'ai imaginée dix fois reculer, me dire « Stop, terminé ». Mais on ne peut plus s'arrêter. Tant que le combat n'est pas terminé, l'âme de Bélhazar flottera encore dans cet appartement.

C'est pourquoi il faut l'écrire, ce livre. Coûte que coûte. Et cela lui coûte beaucoup.

Et puis, je dois dire la vérité, ce livre c'est aussi le mien. Non. C'est le mien. J'ai perdu mon souffle à ranimer le limon des souvenirs et voilà qu'enfin il prend vie. Moi aussi, je lui ai donné beaucoup. J'aurais pu utiliser tout ce temps à faire autre chose, comme m'occuper de mon existence qui prenait l'eau. Mais à présent, c'est moi qui dirige. On m'a dit d'écrire. Voilà. Écrire, c'est déposséder les vivants, pour finir par se faire déposséder soi-même de ses créatures. Écrire, c'est implorer le vol et la solitude. Écrire, c'est perdre.

Ma voix tremble :

— Tu veux arrêter ?

La sienne est grave et ferme :

— Je ne te dis pas que je veux arrêter. Je te dis que j'attends que ton bouquin sorte, six mois, pas plus, et après je me flingue.

Perdre.

J'ai quitté le domicile familial au début de 2020 pour un meublé donnant sur un échangeur. J'ai connu l'errance ordinaire de l'homme de cinquante ans. Le passage des camions fait trembler la maison.

Dans mon premier roman, je racontais que mon père, après son départ du foyer, avait emporté une commode de marin. « Il y a des signes qui ne trompent pas », m'amusais-je à noter. Mon père m'a répondu ceci : « Méfie-toi, cette commode, elle est à toi à présent. »

J'ai résisté, pourtant. Cela faisait des mois que je me battais pour ne pas perdre les choses insignifiantes que je m'entêtais à considérer comme vitales. Quand j'ai accepté de les laisser aller, j'ai ressenti un profond soulagement. Mon ex m'a dit que j'étais bien content parce que j'allais pouvoir écrire tranquille dans mon coin. Ce n'est pas si simple. On n'écrit pas bien quand on est tranquille. Elle m'a dit aussi que j'étais narcissique, égoïste, tous les trucs qu'on lance à la tête de ceux qui tentent de recoller les morceaux de leur existence. Ceux qui tentent de sauver ce qu'il leur reste de dignité au fond d'une zone commerciale. Je sais, moi, que la seule chose que j'ai faite, c'est d'accepter ma défaite. Couper ma chaîne.

Le matin, de ma fenêtre, par-dessus l'échangeur de la nationale, je vois les plus beaux levers de soleil. On les dirait peints par Bélhazar. Une symphonie en orange et bleu. Parsemée d'étoiles, et tout près, inespéré, le surgissement d'un ciel morcelé.

Je vois régulièrement mes filles. Cela se passe bien, mais je me demande chaque fois si elles me reprochent mon départ. Je pourrais leur expliquer, ce n'est pas le moment. On n'explique pas à des enfants les raisons qui nous ont poussé à mettre un terme à l'équilibre général. Parce qu'à leurs yeux, cela tenait. Elles n'ont pas vu les fissures. Viendra, pour elles comme pour tout le monde, le moment de la vérité.

Pour l'instant, je suis un chemin étroit, un sentier qui court devant moi et parfois disparaît. J'avance à tâtons sur les pas de Bélhazar. Je voyage léger. Je mange peu et dors à peine. Chaque nuit, mon cerveau en surchauffe me réveille. Je retrouve des sensations que la guerre conjugale étouffait. Comme beaucoup d'hommes, j'enchaînais les concessions devant une femme qui trônait à la maison. Mais à partir du moment où je me suis retrouvé, j'ai pu regoûter à la saveur de mon être, à mes odeurs anciennes et mes goûts enfouis. J'ai repris langue avec ce vieux copain oublié : moi. Dès lors, plus rien de ce qui m'est arrivé n'a ressemblé à un hasard.

Une amie de collège m'a téléphoné. C'était une jolie fille, la star de la cour de récré. Elle tournait dans des clips et avait même été modèle pour Kookaï. Elle s'appelle Maël. Nous nous sommes raconté nos vies. Elle avait aimé mes livres. De son côté, après une carrière de productrice à la télé, elle avait fait un burn-out. Ça l'avait sauvée. Elle avait changé de vie et était devenue médium et cartomancienne.

— Si tu veux, je te fais ton thème astral ?

— Pourquoi pas.

Je ne sais pas trop quoi en penser. Maël est douée. Elle a dit des choses qu'elle ne pouvait pas connaître de moi. Comme elle voulait savoir ce que j'étais en train d'écrire, je lui ai raconté la mort de Bélhazar.

— J'en ai des frissons, a-t-elle réagi.

Elle n'était pas la première.

— Tu veux entrer en contact avec lui ?

Cette fois, c'est moi qui ai frissonné. Elle m'a expliqué la marche à suivre : placer une photo devant moi, allumer une bougie, mettre une autre image que je juge importante en dessous de mon bureau ou sous mes pieds, et l'appeler. Lui donner un rendez-vous fixe. C'est important. S'y tenir. Ne pas oublier de le remercier à chaque fois.

— Les morts sont sourcilleux sur la question du protocole ?

— Ne plaisante pas. C'est sérieux. Pour te protéger, tu pourras porter sur toi une tourmaline noire ou un œil-de-tigre. Mais il faudra les cacher pendant tes invocations, sinon il ne viendra pas.

— Pour me protéger ?

— Oui. Tu vas ouvrir une porte par laquelle Bélhazar va passer. Mais il se peut que d'autres morts se glissent aussi par là. Et ils ne sont pas tous bienveillants. Si tu as un problème, appelle-moi, je nettoierai.

En un instant, j'ai vu les âmes des défunts que j'ai pu connaître s'échapper d'on ne sait où et me tourner autour comme des damnées. J'ai raccroché en me promettant de ne jamais essayer.

Je ne m'aventurerai pas à convoquer les morts. Mais je sais que le coup de fil de Maël n'est pas arrivé pour rien. Il ouvre un passage. Peut-on s'adresser aux disparus ? Je ne le pense pas. Pas à la manière dont l'ésotérisme l'envisage. En revanche, il se peut que l'écriture soit une incantation. M'adresser à Bélhazar, n'est-ce pas ce que je fais depuis le début ? Lui redonner voix.

J'avance. Bientôt, je vais retrouver le chemin du livre. Je sentirai une force m'entraîner loin de cette enquête sur la mort d'un adolescent. Loin du fait-divers. Alors, je mettrai toutes mes forces à raconter ta vie, ton foisonnement, ta lumière. Cette force, ce sera l'amour. Désolé de le dire comme ça, ce n'est pas mon habitude. Mais c'est ainsi. Un jour, des gens débordants d'amour vont se regrouper autour de moi, et je sentirai une poussée formidable dans mon dos, une énergie inépuisable monter de mon ventre jusqu'à mes mains. Et le livre s'écrira tout seul. Un livre sur ta vie. Une bénédiction.

— Nous avons beaucoup à faire !

Le moteur de la Mercedes démarre en râlant. Un autoradio Blaupunkt des années 1980 crachote des informations dans un sabir ancien. Les ressorts du siège me bercent mollement. Je suis de retour en Bretagne pour les vacances de Pâques, le seul endroit où je veux être. Je demande à peine l'autorisation de venir. J'ai ma chambre, à présent.

Nous arrivons à Treverian, un petit village comme il en existe des milliers en France. Une agglomération de quelques centaines d'habitants, qui s'étend d'une église à un monument aux morts. Yann disserte :

— Le vrai luxe, c'est l'espace. Je tiens cette idée de mon père. Ce sera de plus en plus vrai, tu verras. Il n'y aura bientôt rien de plus important que de posséder un lopin de terre. Un peu d'espace pour respirer. C'est la raison pour laquelle j'ai acheté des petits bouts de champs, ici ou là. Je n'avais pas de projet précis, simplement l'intuition qu'un jour cet espace nous permettrait d'être un peu à l'aise.

Nous nous garons rue de Kerneñv, devant une maison en pierre, à l'angle d'un carrefour où pas une voiture ne passe. Yann ouvre la porte et me laisse entrer.

— Dès que j'ai montré cet endroit à Bélhazar, il a su ce qu'il fallait en faire. J'avais l'idée de m'en servir comme garde-meubles alors que nous devions partir en Nouvelle-Calédonie. Il m'a dit : « Ce sera notre musée ! » L'idée m'a paru excellente, mais le besoin urgent, c'était un garde-meubles. Un musée en désordre, si tu préfères. Comme on avait accumulé beaucoup de vieilles choses, j'ai donc acheté cette petite annexe à l'autre bout du village pour une bouchée de pain.

J'avance dans la pièce. Bric-à-brac indescriptible. La marque de fabrique de Bélhazar et de Yann.

— Ça représente trois plateaux de cinquante mètres carrés. Le rez-de-chaussée n'est pas terminé, comme les deux étages au-dessus de nous. Méfie-toi, l'escalier est étroit.

Il réalise les travaux tout seul. Question de moyens. Question de principe.

Nous montons à l'étage, où sont entreposés les objets militaires, en majorité, des malles de documents et encore d'autres tableaux, d'autres lettres, d'autres sculptures hétéroclites.

— Je ne peux pas rester, ce matin. Il faut que j'aille faire des courses. Je t'abandonne. Il y a beaucoup à faire. Tu peux te lancer dans l'enduit des murs, ou bien ranger le foutoir là-haut. Franchement, il y en a pour des mois, peut-être des années.

Comme il me sent un peu perdu, il ajoute :

— J'aimerais faire quelque chose en rapport avec nos voyages. C'est ainsi que nous avons trouvé le plus grand nombre d'objets. Je ne sais pas comment un musée pourrait montrer ça. Tiens, tu vas me prendre pour un fou, mais j'aimerais aussi consacrer un espace à sa passion pour les lapins. Les blancs, surtout.

— Les lapins blancs ? Quel rapport avec les voyages ?

— Ce serait un peu trop long à t'expliquer. Cherche, tu vas bien trouver quelque chose.

Il a dit ça en jetant un coup d'œil à sa montre et l'image du lapin d'*Alice au pays des merveilles* s'est superposée à celle de Yann quittant le musée. C'était le seul lapin blanc qui me venait à l'esprit.

Je n'ai pas eu à fouiller longtemps pour dénicher une quantité d'objets en tout genre représentant des rongeurs. Mais rien qui pourrait me mettre sur la piste d'un voyage. En revanche, ce gros lapin blanc est partout. Sur des tableaux de toutes dimensions, des serviettes de table ou de petits supports pour poser les couverts. Il apparaît aussi sur des objets du quotidien transformés façon Pop Art, des cartons graffités au marqueur. Des lapins, partout, des lapins blancs.

En comparant les dessins, j'en viens rapidement à la conclusion qu'il n'y en a pas plusieurs, mais un seul, répété à l'infini. S'il y a une logique dans l'art de Bélhazar, c'est autour de cet animal qu'elle se construit. Toute la matinée, je cherche, je compare, j'observe, avec cette étrange impression de m'approcher d'une vérité qui recule à mesure que j'avance vers elle.

Yann revient. Je suis assis en tailleur dans la poussière.

— Tu as trouvé quelque chose d'intéressant ?

— À vrai dire, je me suis concentré sur notre sujet. J'ai trouvé beaucoup de lapins, comme tu peux t'en douter. Pour le reste, il y a ici tellement d'objets qui ont une valeur historique que je pourrais y passer des journées entières. C'est incroyable, il a laissé un vrai trésor.

— Tu comprends, maintenant, cette idée de musée ?

— Je n'imaginais pas ça. Avoir amassé toutes ces pièces de collection, en avoir créé autant. À seulement dix-huit…

— Rassure-toi, je ne comprends pas mieux. Viens, il faut maintenant que tu voies le champ.

Yann éteint les lumières avant de refermer la porte et nous montons dans la Mercedes. En mettant le contact, il dit, avec sa bonhommie habituelle :

— C'est un bon début.

Nous roulons une dizaine de minutes. Le champ est situé à quelques kilomètres du village de Treverian. Yann se gare sur le bas-côté. Pas de fils barbelés ni de clôture électrique. Après le fossé qui longe la route, un mur de ronces et de fougères, une masse végétale haute de trois mètres environ. Sur la gauche, un couloir a été ouvert à la machette.

Nous pénétrons sous les branches, les bras chargés de notre pique-nique. Je pense au labyrinthe de la reine des roses, à la fin d'*Alice*. Une atmosphère inhabituelle flotte au-dessus de ce lieu, comme si l'air qu'on y respirait était plus dense.

Autour de nous, les aubépines laissent traîner leurs griffes, mais le passage est assez large pour que deux personnes avancent de front. Au bout d'une cinquantaine de mètres, nous débouchons sur une clairière qui remonte en pente douce vers un champ. Pour toute limite cadastrale, un ruisseau sous les saules. Devant nous, une cabane qui doit servir de remise à outils. Un petit chalet dans lequel Yann va chercher table et chaises. Je reste à l'extérieur et mon regard se porte sur un kiosque qui trône en amont du lopin de terre.

— Superbe idée ! fais-je à Yann en le désignant.

— C'est notre gloriette. Elle a toute une histoire. Je te la raconterai. Va plutôt te promener pendant que j'allume le feu.

La première chose sur laquelle je tombe, en face de la gloriette, est un couloir d'une cinquantaine de mètres, arraché à l'envahissement de la nature. Au bout de cette ligne, un mur de parpaings habillé de planches de bois. En son centre, des cibles de tir à la carabine, comme celle que j'utilisais, à la campagne, quand je jouais avec la .22 long rifle de mon père. Elles ont été délavées par le temps et les intempéries. Mais l'on reconnaît des impacts de petit calibre.

Je poursuis mon chemin en suivant le dédale, jusqu'à tomber sur une nouvelle clairière, plantée d'arbres fruitiers. Ici, plus que dans toute autre partie du champ, je ressens une puissante force tellurique. Les arbres, des pommiers sauvages et des poiriers, ont été plantés selon des cercles concentriques.

Bizarre, me dis-je en pissant sur les fougères.

Quand je reviens, Yann s'active autour du feu. Il a déplié la table. Elle est accompagnée d'une sorte de cantine où l'on trouve assiettes et couverts. Tout le matériel que Bélhazar emportait dans ses voyages. Le pique-nique est prêt : pâté de campagne, carottes râpées, côtelettes, comté, vin rouge.

— C'était lui qui faisait les courses, m'explique Yann, dans tous les pays, et dans toutes les langues. Il faisait le guide et le traducteur. Moi, je me contentais de conduire. C'est lui aussi qui tenait les comptes. Très important pour Bélhazar ! Tout noter, au centime près. Il archivait tout.

Yann me glisse sous les yeux la mallette de voyage de son fils. Elle est en cuir, fermoir en simili-argent, et contient le matériel d'un voyageur de Jules Verne : lunette de vue télescopique, billets de banque de tous les pays, pièces exotiques, nécessaire à couture, trousse de premiers secours, et une pile de carnets de bord. J'en ouvre un au hasard : des colonnes de chiffres. Tous les frais, y compris les plus infimes, y sont recensés. Je plaisante au sujet de deux bouteilles de vin de Tokai.

Il sort une bouteille, la débouchonne et me sert un verre.

— C'est pas du nectar, mais ça se boit quand même.

Nous buvons sans ajouter un mot. Puis :

— C'est ici, et en voyage, que nous passions les meilleurs moments. Nous avons parcouru l'Europe, de Brest à Saint-Pétersbourg et de Cadix à Oslo. Tout ça en voiture.

Je le coupe, incrédule :

— Cela fait beaucoup de route, non ?

— Oh, les distances, cela n'a jamais été un problème. Je ne vais pas vite, mais je vais loin.

Son regard se voile pendant quelques instants. Quand il revient à la surface, il reprend :

— Au fil des voyages, Bélhazar a appris à conduire, mais sans faire de folies parce qu'il n'avait pas le permis et qu'il n'aimait pas contrevenir aux lois. Il respectait strictement le code de la route de tous les pays qu'on traversait. Tout l'intéressait. Il était passionné de mécanique automobile. Très vite, il a été capable de trouver n'importe quelle panne. Il avait un sixième sens pour ça.

Yann laisse passer un temps durant lequel je regarde les flammes se frayer leur chemin à travers le bois. Puis il demande :

— Je ne sais pas si c'est très clair... ?

Alors il reprend, comme s'il se parlait à lui-même :

— Ce qu'il voulait trouver, c'est de l'or. Il voulait aussi voir de la neige. En Pologne, ça devrait être facile ? Eh bien, non, pas un flocon. Je ne sais pas pourquoi les deux choses ont toujours été liées pour lui, l'or, la neige. La pureté, peut-être ? Ça m'étonnerait. L'or, il s'en fichait. Il avait besoin de chercher quelque chose, c'est tout. Quelque chose de précieux et de rare.

Il se lève pour attiser les braises.

— Je t'ai dit qu'il fabriquait son propre vin ? Avec des épices. À l'ancienne, qu'il disait.

Nouveau sourire pour lui-même.

— L'or, c'était les minutes qu'on passait ensemble.

Les flammes crépitent sous les côtelettes qui dégoulinent de graisse.

— Un peu après son enterrement, je suis allé à Marseille. On y a de la famille. On était en mars. La semaine d'avant, il avait fait très chaud. Quasiment l'été. Quand je suis arrivé, j'ai pris une tempête de neige sur la tête. Il n'en était pas tombé, là-bas, depuis un demi-siècle.

Quelques gouttes de pluie. Le regard de Yann tendu vers les brindilles qui crépitent. Il ajoute, dans un murmure : « Y'avait un truc chez ce bonhomme... »

J'ai la certitude qu'à cet instant précis, il cherche encore à savoir qui était son fils.

Viennent de l'ouest d'épais nuages noirs. Nous voilà plongés dans une semi-obscurité. Le vent se lève. Peut-être faudrait-il lever le camp ? Je ne sais pas comment lui dire. Je l'entends qui murmure entre ses dents : « Y'avait un truc... Y'avait un truc... Y'avait un truc... »

On dirait que son cerveau bute sur quelque chose. Comme le message d'erreur d'un ordinateur répété *ad infinitum*. Ses prunelles noires, enfouies sous le pli des paupières, se recouvrent d'une fine buée. Il doit y avoir une cavité, au fond de lui, dans laquelle il s'enfonce. Il n'est plus avec moi. Je peux observer ses traits et je vois combien la vie l'a sculpté. D'épaisses rides, grises et minérales, entourent ses arcades sourcilières et font plusieurs fois le tour de sa bouche. J'ai envie de les frôler du doigt pour savoir si elles sont en granit. Il a encore des cheveux, mi-longs, ceux de ses vingt ans, qui sont au vent comme une vieille oriflamme. Un enfant espiègle, caché sous le masque d'un barbon de carnaval. Un sourire humide. Celui que l'on trouve chez certaines bêtes. Un sourire désolé. Les chiens sourient comme ça. Un sourire tragique. Heureux ou bien rempli d'amers regrets.

Au-dessus du ruisseau, des mésanges invisibles chantent dans les branches d'un chêne. Le dos des vaches luit au croisement des dernières gouttes de pluie et du soleil réapparu. Yann revient de la remise pour reprendre son histoire au point où il l'avait laissée :

— ... parce que tout ça, au fond, c'était pour lui.

« Quand je lui ai montré le champ, il s'est immédiatement mis au travail. C'était ainsi, avec Bélhazar. On croyait lui faire une surprise, et il avait déjà une idée pour l'utiliser à sa façon. Je lui ai dit : "D'accord, allons-y." Nous nous sommes lancés dans le débroussaillage. Mais on n'a pas fait n'importe quoi. Il fallait suivre un plan qu'il avait imaginé.

Je l'interromps :

— Tu l'as toujours, ce plan ?

— Non, il l'avait dans sa tête. Il a d'abord voulu la cabane, puis la gloriette. Il y tenait tout particulièrement. Il a fallu plusieurs gars pour la porter là, à cet endroit et pas ailleurs, et encore l'orienter dans cette direction exacte. Tu vois, la petite fenêtre donne sur le champ de tir.

Au bout, effectivement, le mur de parpaings et les cibles.

Nous buvons en silence. Le feu crépite et les côtelettes n'ont plus de graisse à suer dans les braises. La pluie s'est arrêtée, laissant place à un franc soleil. Yann reprend, tout en maintenant son attention vers le feu.

— Avec Bélhazar, on n'a pas raté une seconde... C'était pour lui, tout ça. Parce que la question la plus importante là-dedans, c'est la succession. À qui transmettre ? C'est ça qui compte, non ? Et si on n'a plus personne, à quoi bon tout cet espace ?

Pour la première fois depuis que je le connais, je vois les larmes monter aux yeux de Yann. Nous nous resservons du pâté et du vin. Je lui dis :

— Et si Bélhazar avait trouvé la solution ? Et si la transmission c'était justement ce musée ?

Yann sourit.

— Oui, c'est peut-être ça, me dit-il. Mais cela suggérerait qu'il avait prévu ce qui allait lui arriver.

Le feu crépite de plus belle.

— C'est vrai. C'est impossible.

Nous attaquons les côtelettes au moment où je n'ai presque plus faim. Nous les mangeons à pleines mains. Légèrement ivres.

J'ai gardé pour moi une question que je sais sensible, mais j'estime que nous sommes assez bien ensemble pour pouvoir la poser :

— Je ne comprends pas la raison de ce champ de tir.

— Rien ne serait jamais arrivé sans les armes. Il aimait ça. Beaucoup de gamins aiment ça ! Presque tous. Mais lui, il allait jusqu'au bout. Il mettait tout son cœur, son temps et ses forces pour faire le mieux possible. L'inscription au club de tir, c'était pour ça. La meilleure façon d'encadrer cette passion. Qu'au moins il apprenne à s'en servir et qu'il connaisse les consignes de sécurité. Il était très pointilleux sur ce sujet. Jamais imprudent. Très sérieux, dans le fond.

Et puis, sans qu'il se donne la peine d'une transition, Yann poursuit d'un ton grave :

— C'est pour cette raison que je ne suis jamais rentré dans la bataille avec la justice. Il avait une arme sur lui. Il n'aurait pas dû l'avoir. Voilà. Il n'y a rien d'autre à dire. C'est sa faute. La nôtre. La seule chose dont je ne veux pas entendre parler, c'est de suicide. Quelqu'un comme lui ? Avec tous les projets qu'il avait en tête ? Tiens… (*Il cherche quelque chose du regard*)… là !

Je scrute le champ jusqu'à tomber sur un petit panneau en bois accroché à un saule. Je ne l'avais pas remarqué. Il y en a deux, en réalité, cloués au tronc comme des panneaux indicateurs aux carrefours. Je me lève, m'en approche, plisse les yeux. Sur l'un d'eux cette inscription : « Voie de la porte des étoiles ». Celui du dessus est orienté dans une autre direction. Il indique : « Chemin de l'ogre jaune, vers le chêne de la mésange ».

— Qu'est-ce que c'est ?...

Le regard de Yann a retrouvé sa malice.

— Tu ne les avais pas vus ? C'est incroyable, personne ne les remarque ! Le type qui vient s'occuper du champ non plus, il ne les voit pas. Pourtant, il y en a partout et ils sont tous peints de couleurs vives ! Va, me dit-il, balade-toi à nouveau. Tu vas voir les choses différemment.

Je reprends le sentier dans la végétation jusqu'au verger. Comment ai-je pu passer à côté de cette autre pancarte ? Elle est fichée dans la terre et annonce : « Passage du renard malveillant, vers la Place de la première croisade ». Plus loin encore, non loin de la gloriette : « Place du tireur convivial ». Enfin, ligoté par un fil de fer au tronc d'un jeune chêne, une sorte de tableau peint sur de la mousse, un trait rouge sur fond bleu dessinant quelque animal mythique. Un animal, ou peut-être autre chose... une sorte de carte... une carte au trésor...

Un plan.

Je reviens m'asseoir en face de Yann, qui épluche une clémentine. J'essaie de formuler une question sur ces panneaux qu'à présent je vois partout, mais rien ne vient. Je sens confusément que ce n'est pas à moi de mener la conversation, que les explications viendront en leur temps. Il se contente de manger son fruit. Puis murmure, comme s'il entendait mes pensées : « C'était fou, ce gosse. »

Nous restons en silence un moment, et il lâche :

— Cela va te paraître incroyable, mais je n'ai aucun regret.

Je le regarde, abasourdi. Il ajoute :

— Un père ne devrait pas dire cela...

Je ne sais pas. La première réflexion qui me vient, en effet, c'est qu'on devrait être bourrelé de regrets, au contraire. Qu'à sa place je hurlerais contre la vie et la fatalité. Je refuserais de vivre dans le monde tel qu'il est devenu, sans mon fils. Je pense que, normalement, on doit se comporter comme Armelle. Dessiner sous ses yeux deux traits de charbon et partir en guerre.

L'homme que j'ai devant moi est un père accablé, mais qui sourit quand même. Je comprends que, devant ce feu attisé par le vent, dans ce champ incompréhensible, au centre de l'œuvre de son fils, il cherche à m'amener autre part. Il me dit quelque chose d'à peine audible, qu'il me faut tâcher de comprendre. Une parole d'en dessous, comme provenant d'une autre réalité.

Il continue :

— Nous avions peu de temps à passer ensemble, mais nous l'avons fait sans en perdre une miette. Je n'ai pas de regrets, parce que nous avons vécu chaque seconde intensément.

On peut voir les souvenirs défiler dans ses yeux.

— Oui, j'ai vécu auprès de lui comme aux côtés d'un personnage, je ne peux pas dire mieux, unique. Tous les parents disent cela.

Mais Bélhazar était unique d'une autre façon. Presque étranger. D'ailleurs, je ne l'ai jamais appelé « Mon fils », parce que je déteste cette façon de s'approprier quelqu'un. Je suis bien son père, hein ! Il n'y a aucun doute là-dessus, et j'en tire une immense fierté. Mais j'ai toujours eu l'impression qu'il ne m'appartenait pas, qu'il était là pour quelque chose qui nous dépassait, que la seule chose que j'avais à faire, avec lui, la plus urgente, c'était de profiter de la chance que j'avais de vivre à ses côtés. Un bonhomme comme lui, c'est pas tous les jours qu'on en rencontre. Les gens s'ennuient souvent quand ils passent du temps avec leurs enfants. Moi, j'étais fasciné. Et j'en ai profité, crois-moi. C'est pourquoi je peux dire qu'aujourd'hui, je n'ai aucun regret.

Je reste muet. J'hésite à me resservir du vin, de peur qu'un simple mouvement ne brise l'espèce de magie dans laquelle nous flottons. Écouter un père parler de son fils comme d'un personnage étranger, j'aurais pu trouver cela choquant, et puis je me rends compte que c'est la chose la plus forte que j'aie jamais entendue. On ne peut pas respecter davantage la liberté d'une personne. La voir totalement autre. Et j'ai repensé au prénom orphelin sur la pierre tombale.

Cela voulait-il dire que Bélhazar était une création de ses parents ? Tous les enfants le sont, mais pas comme ça. Pas à ce point. Eux l'ont reçu plus qu'ils ne l'ont fait. C'était leur unique enfant et c'était un enfant unique. Il ne s'agissait pas de l'élever, mais de le suivre. C'est ce que Yann a fait au cours de leurs voyages en Mercedes. Il a suivi son fils. À la recherche de l'or du Tokai, de la neige introuvable, s'habituant aux petits miracles qui jaillissaient le long de leur route. Il a retenu leurs histoires comme autant de paraboles. Accompagné d'une lapine blanche et d'une centaine de peluches, s'habituant à l'impossible, secondant cet étranger merveilleux qu'il se refusait à enfermer dans l'appellation de « fils ».

Yann me regarde. J'ai dû divaguer pendant un moment.

— La pluie va reprendre et ce sera comme ça jusqu'à demain. Il vaut mieux rentrer.

Je lui souris comme si j'étais arrivé, à la nage, de l'autre côté d'un fleuve.

— Si nous rangions le pique-nique ? suggère-t-il.

J'obéis en silence.

Nous faisons des allers-retours entre le coffre de la voiture et la cabane, tous les deux dans nos pensées. Peut-être les mêmes.

Nous ne prononcerons plus un mot pendant tout le trajet de retour. Je m'endors dans la voiture dès la sortie du village. Quand je rouvre les yeux, nous approchons de Saint-Brieuc.

— Nous n'avons pas parlé des fameux lapins, lui dis-je pour faire croire que mon sommeil n'était qu'une profonde méditation. J'aimerais bien en savoir plus.

— Il y a beaucoup de choses dont nous n'avons pas encore parlé. Mais je t'engage à faire des recherches là-dessus. C'est très important. Tu ne peux rien comprendre sans ça. Bélhazar devait avoir dix ans quand on lui a offert Marguerite. Lorsque nous partions en voyage, il la cachait dans un sac et lui faisait passer la douane et les réceptions d'hôtels. Il l'appelait « Le Passager clandestin ». Elle a connu l'Europe entière, cette bête. Je crois qu'elle n'était pas là par hasard. Je crois qu'elle avait un pouvoir.

Puis il digresse :

— Tu connais la symbolique du lapin blanc ?

— La fertilité, peut-être. Le fameux lapin priapique. La chance, aussi. Cela a un rapport avec la patte porte-bonheur ? Je sais aussi que ce nom est maudit pour les marins et dans les théâtres. Je crois que cela vient du fait qu'ils rongeaient les cordages des bateaux et des décors...

— Non, là, ce sont les idées reçues sur n'importe quel lapin. Mais le lapin blanc, c'est différent. Pense à celui qui sort du chapeau du magicien.

— Il faut bien trouver une bête inoffensive pour se tenir tranquille dans le fond d'un gibus, non ?

— C'est pas vraiment tranquille, un lapin... Puisque tu ne vois pas, je te le donne : le lapin blanc est l'animal de la communication avec l'au-delà.

— Allons bon !

Je ne pose plus de questions. Yann va-t-il me faire le coup du lapin qui parle, comme ma grand-mère ? Je sens monter ce même parfum qui la suivait partout : l'odeur poussiéreuse du mysticisme.

Yann replonge dans le silence. La Mercedes va son train de sénateur sur la voie rapide. Personne ne la klaxonne.

Nous avons fait assaut de politesses pour savoir si je dînerais à la maison, et puis nous avons convenu de nous revoir une autre fois. Il m'a déposé à l'hôtel. Lui aussi était fatigué.

Il m'a juste dit, avant de repartir :

— N'oublie pas, le lapin blanc !

La Porte des étoiles

Ils te croiront mort – Les bourgeois sont bêtes. – Va vite, léger peigneur de comètes.

Tristan CORBIÈRE

Il s'est passé quelque chose, forcément. Je ne l'ai pas vu venir, mais ça s'est infiltré, partout. Toutes mes peurs envolées. Toutes mes résistances qui cèdent et plus rien qui m'inquiète ni me mette en danger.

Ce courant m'a emporté à l'orée de la cinquantaine, alors que j'avais accepté l'idée d'avoir vieilli. Je pensais que le bonheur était le résultat pas très folichon d'une négociation perpétuelle. Je prenais des kilos, perdais mes cheveux et voyais la vie comme un truc assez moyen où il s'agissait surtout de s'auto-convaincre. Le jour allait arriver où il ne serait même plus nécessaire de me raconter des histoires. Je voudrais simplement que ça dure, parce que je n'aurais pas trouvé mieux.

C'est à ce moment-là qu'est arrivé Bélhazar. Une déflagration. J'ai tout perdu. Ma maison, mon couple, mon éditeur. Perdre, donc. Bien sûr que j'ai pensé à la malédiction ! Mais je me sentais protégé par lui, et je ne l'ai pas insulté. J'ai cru, sans aucune preuve. La foi de ma grand-mère m'a beaucoup aidé. Surtout quand je me suis retrouvé à manger des coquillettes dans mon meublé comme un étudiant. J'ai accepté. Courbé l'échine. J'ai pris ça comme une épreuve par laquelle il fallait passer.

Et j'ai tout regagné. En mieux. En beaucoup mieux.

Je rechante amour.

Si je dois définir ce que c'est que le passage de Bélhazar dans une vie, alors je dirais ça :

Accepter de perdre.

Chérir sa peur.

Lever la tête.

Regarder les soleils.

Je suis arrivé dans les Côtes-d'Armor dès le début des grandes vacances. J'ai pris la chambre de Bélhazar. L'enquête ? Je l'ai abandonnée depuis longtemps. Je veux dire, sur sa mort. Elle ne m'intéresse plus. C'est vivant que je le veux.

Je dors dans sa chambre. J'écris à son bureau, sur sa Remington. Cela ralentit un peu mon travail. Peut-être même que je ne travaille pas réellement. Il m'arrive de rester la journée à l'étage, lové dans un fauteuil, à écouter trotter le métronome du pas des sœurs, au rez-de-chaussée. J'attends que le bruit de leurs déplacements s'arrête, un peu avant le soir. Aucune latte de bois ne pousse alors sa plainte. On dirait que tout ce qui vit retient son souffle, pour écouter tout ce qui ne vit pas.

Quelquefois je peux voir Bélhazar, assis à ma place, tapant ses lettres avec deux doigts. Toujours de dos. Il se lève pour passer sa blouse blanche de physique, bricole en variant les techniques : collage, aquarelle, peinture à l'huile, fer à souder. Enfin, il revient à son bureau et le staccato de la machine reprend. Mais peut-être n'est-ce que le pas des sœurs sur le parquet ciré ?

Après quelques jours à Saint-Brieuc, considérant que je n'avais pas écrit une ligne et que cela n'avait pas de chance de s'améliorer, j'ai voulu dormir à Treverian. Immédiatement, Yann m'a ouvert les portes du futur Musée Bélhazar.

J'ai un matelas au sol, au premier étage. J'aime cette vie rustique, qui était l'ascèse ordinaire du père et du fils. Non pas un mépris ostentatoire du luxe, mais plutôt une approche mesurée de l'existence. La vie à petits pas. Celle qui mène loin.

Depuis peu, Yann a installé l'électricité. Il y a l'eau courante, les toilettes et un petit chauffe-eau pour la douche. Il veut bien me prêter la Mercedes pour que j'aille faire des courses. Le plus souvent, je reste seul. L'inconfort stimule mon esprit et l'écriture naturellement reprend. Je commence vers 5 heures du matin, dans un état d'ébullition mentale proche de la transe. Quand j'ai fini, vers 9 heures, je n'ai aucun souvenir de ce que j'ai écrit. Une autre journée commence.

J'aide Yann à de menus travaux que nous accomplissions sans empressement. Je fais l'enduit et la peinture, la pose du parquet flottant, occupations pour lesquelles je montre une réelle disposition. Avant cela, je n'avais aucune idée des bienfaits d'un travail manuel.

À côté de ce chantier, je continue de trier les futures pièces du musée. Cela va prendre des mois, à condition de travailler sans relâche. Comme les nuits sont douces, je vais parfois dormir dans le champ, sur un matelas ou dans la gloriette. Le ciel est tapissé d'étoiles. J'entends des oiseaux que je suis incapable de nommer. Une jungle. Celle de Bélhazar.

Je vois peu Armelle, car je ne quitte plus Treverian et elle ne vient jamais par ici. J'évite de prendre ses coups de fil le soir, connaissant les démons qui descendent pour elle de la nuit, mais le matin je réponds. Elle veut reprendre le cours de sa vie ; je sais que le feu couve et qu'elle n'a pas fini sa guerre. Elle attend que se réveillent les forces. Elle espère que je vais les convoquer, par ce livre. Elle en est sûre. Il fera jaillir de l'oubli la colère et la vérité. Voilà sa prophétie. Je ne sais pas quoi lui dire.

Elle avance dans la vente de son appartement. Cela signifie qu'elle est sur le chemin du deuil. Il y a une maison, à Plouër-sur-Rance, que Bélhazar avait repérée. Pourra-t-elle y habiter seule ? À Dinan, sa chambre est encore pleine de lui. Pour déménager, il faudrait qu'elle se vide d'elle-même. Je ne sais pas comment ce genre de prodige s'accomplit. Mais je crois que les lieux décident pour nous.

La maison de Saint-Brieuc est également à vendre. Trop grande, trop vide. L'espace est un luxe, me répète Yann, mais le vide est un poids. Tout autour de nous, s'effondrent les lieux et les relations, ce qui nous tient et nous protège. J'aimerais qu'on arrête de vendre les maisons, qu'on les conserve, de père en fille, de mère en fils. Et qu'autour des tables, on y chante les morts. Ces maisons que l'on vend, ces êtres qui s'en vont, est-ce le signe précurseur d'une nouvelle saison ? Moi aussi, je cherche à me séparer de la mienne. Que tombe ce qui doit tomber.

Le dernier étage du futur musée est un amas de livres à la couverture de papier kraft, de tableaux inachevés, de lettres et de cartes postales enrubannées par dix. J'y ai installé mon bureau. Une table en noyer pour mon ordinateur, un matelas au sol pour les heures de sieste qui accompagnent les grosses séquences de travail. Au mur, j'ai disposé deux feuilles Canson A3 sur lesquelles j'ai recomposé un plan, avec des post-it et des photos. Il recense toutes les œuvres de Bélhazar qui m'ont marqué. Il y a le tableau que j'appelle *Autre ¿* – celui de Marguerite en timbres-poste, l'image de lui arpentant la plage, un collage de Poilu, la lettre du sous-lieutenant Martin, les photos du taxi de la Marne, de quelques panneaux du champ, et le tout forme la cartographie de son monde imaginaire. C'est là, dans son œuvre, que se trouve la clef.

Je me plante devant ce mur rempli de toi, et j'attends. Je crois depuis mon enfance que, si je me concentre à fond, je peux voir l'intérieur des choses. C'est un truc de gamin, du temps que je passais des heures dans un état proche de la bêtise, scrutant la vie minuscule. Je m'en approchais au plus près, des yeux mais surtout par l'esprit. Je décrochais du monde réel, mais au même moment j'activais une fonction que je ne sais toujours pas nommer. Alors qu'autour de moi le temps s'annulait, je me coulais dans l'existence des autres, de tous les autres, du passant dans la rue jusqu'au scarabée du chemin. Ma grand-mère m'a raconté qu'à ces moments-là je produisais une sorte de ronronnement d'idiot en me mordant la langue. On me croyait bête, moi aussi. Ce sont ces heures de bêtise qui ont fait de moi un écrivain.

Il me faudrait retrouver ce chamanisme de l'enfance. J'essaie. L'important est de ne rien ajouter. Se concentrer sur le réel. L'observer de toutes ses forces, de toute son âme, si cela a un sens. Jusqu'à ce que les contours de la réalité, par excès de précision, se mettent à vibrer, puis se floutent. Il y a quelque chose qui bouge et qui respire sous la couverture des choses. Le merveilleux est situé juste en dessous. Mon enfance d'idiot me l'a appris. Où est-elle, cette lucidité fragile ? Quand l'approcherai-je ? Où es-tu, Bélhazar ?

Un matin, en fouillant dans ses affaires, je trouve au fond d'un gobelet la clef d'un tiroir de son bureau. Dedans, il y a une liasse de documents. C'est la somme de ses recherches sur le lapin blanc.

Je reste des heures à les parcourir, assis en tailleur sur le parquet. Je n'entends pas le ronronnement puissant que je produis en me mordant la langue. Je tombe d'abord sur la reproduction d'un daguerréotype : le lapin d'Alice. C'est grâce à lui qu'elle passe de l'autre côté du miroir. Ça ne m'étonne pas de Bélhazar. À côté, une coupure de magazine représentant Keanu Reeves en gabardine noire, dans *Matrix*. En dessous cette légende : « "Suis le lapin blanc", dit la Matrice à Neo. »

Qu'est-ce que cela veut dire ? Que Bélhazar a été un fan de *Matrix* et de Lewis Carroll ? Je trouve encore un recueil de mythes asiatiques, dont l'un d'eux est couvert de notes. Il raconte qu'un jour, un dieu a mis tous les animaux au défi de lui procurer de quoi manger. Tous ont apporté quelque chose, sauf le lapin. Alors, celui-ci, de honte, s'est jeté dans le feu. Pour le féliciter de son sacrifice, le dieu l'a tiré des flammes et lui a donné la lune en cadeau. Il s'appelle Yumigami, et depuis il est le maître de la lune. Le maître des ombres, des illusions.

Plus loin encore, je trouve la reproduction d'une enluminure du Moyen Âge. C'est un type de dessins qu'on appelle *monde retourné*, un univers imaginaire qu'on rencontre en marge des manuscrits du XIIIe siècle. Chaque être sujet à une oppression y devient le seigneur de son ancien maître. Et, bien sûr, l'oppressé est le plus souvent représenté par un lapin. Je pense à ma grand-mère. Aux soirées passées à faire parler les animaux. À leur redonner voix et justice.

Le lapin blanc, m'a dit Yann. Suivre le lapin blanc. N'est-ce pas ce que je fais depuis très longtemps ?

D'accord, Bélhazar, admettons que je mette tout bout à bout. Il y a un monde parallèle que tu as inventé et où seul le lapin blanc pourrait me guider.

Un monde juste, mais pour réparer quelle erreur ? Ta mort ? C'est bien ça qu'on veut toujours réparer, non ? La mort d'un enfant, la tienne, celle de Dana, de tellement d'autres. Le scandale insupportable, l'inexcusable erreur.

Non, je me trompe. Ce n'est pas ça. Je suis trop vivant pour comprendre.

Tu avais une mission, c'est certain. Tous ceux qui t'ont connu le disent, même si c'est une façon de parler. Laquelle, je ne sais pas. J'ai un problème aussi avec l'entrée de ton monde imaginaire. Elle doit bien exister. Je sens que ce n'est pas qu'un lieu symbolique. Tu aimais les plans et les règlements, tu dois avoir laissé une carte quelque part.

Tout ça, c'est sans doute n'importe quoi. Je prends pour argent comptant les délires d'un adolescent.

Mais un adolescent qui, à dix-huit ans, a trouvé le temps de devenir peintre, de vendre des toiles représentant des paysages non répertoriés dans le monde réel, qui a tant collectionné d'objets sur la Grande Guerre qu'il voulait créer un musée, un enfant qui retapait un taxi de la Marne au fer à souder, se passionnait pour les armes d'époque et vivait selon un code d'honneur chevaleresque, un gosse qui envoyait des lettres sans timbres et parcourait l'Europe en faisant griller de la joue de bœuf sur le bord de la route. Un gamin qui n'a jamais mis un tee-shirt, vivait au bord de la mer sans y tremper le bout du pied, mangeait les fleurs et donnait à ses amis la force d'être eux-mêmes. Un môme que ses amis appelaient Regardeur de soleils, et que pas une personne sur cette terre n'a compris. Un adolescent qui n'a pas connu l'amour, mais en donnait à tout le monde. Un enfant dont la tombe ne porte pas le nom et qui est né d'un miracle.

J'ai entendu les pas de Yann dans l'escalier peu après que la voix, dans ma tête, s'est tue.

Nous n'avons pas reparlé de lapin blanc, avec Yann. Jusqu'à cette fois, dans le champ. Nous étions en train de fourrager chacun de notre côté dans la masse végétale. On s'arrachait la peau aux ronces pour essayer d'entretenir le chemin. Yann, soudain, m'a dit comme s'il reprenait une ancienne conversation :

— Un soir, Bélhazar avait dressé le pique-nique dans le champ. Je préparais le feu. Il a fait son tour d'inspection. Puis il est entré dans l'abri pour y dénicher des morceaux de planches avec lesquels il comptait fabriquer d'autres panneaux. Il en avait déjà accroché quelques-uns. C'est en sortant de la baraque qu'il l'a vue, allongée à l'entrée de la gloriette. Il lui arrivait de se prélasser au soleil et, alors, elle ressemblait à un gros boa en fourrure blanche. Il fallait la réveiller au moment de partir, tellement elle aimait les siestes. On ne s'est pas inquiétés. Bélhazar s'est approché d'elle. Il lui a dit : « Marguerite, réveille-toi. »

« Comme elle ne réagissait pas, il est allé prendre sur la table un peu de carottes râpées. Il adorait faire ça, pour la taquiner, et elle, elle adorait les carottes râpées. Mais son museau n'a pas frissonné.

« Je l'ai entendu me crier : "Papa, Marguerite est morte !" Elle était étendue de tout son long devant l'entrée du kiosque, une grosse masse blanche inerte.

— Quel âge avait-elle ?

— Aucune idée. Je ne sais même pas si elle était jeune ou vieille. Bélhazar l'a regardée un instant puis il a simplement dit : « Nous allons l'enterrer. » Il est allé ramasser du bois et il a bâti un bûcher, en contrebas de la gloriette. Il a fait ça sans hésitation, comme s'il avait déjà accompli le rituel. Puis il a déposé le corps de la lapine sur le lit de branches. Il ne l'a pas quittée des yeux pendant qu'elle retournait à la poussière. La nuit, on a récupéré les cendres de Marguerite, que Bélhazar a enterrées à l'endroit exact où elle s'est éteinte, au seuil de la gloriette. Quand il a eu fini de tasser la terre, il y a planté un panneau : « Passage du lapin idolâtré ».

Je reste sans réaction. L'impression que quelque chose de gigantesque est en train de s'assembler. Yann lève sur moi son regard pétillant.

— Tu comprends, maintenant ? Alors, refais un tour. Vas-y. Tout au bout du champ de tir, tu trouveras le Passage du renard malveillant. La proie et le chasseur. Une porte à protéger, l'autre à surveiller... L'explication du champ de tir ? Et maintenant, imagine Bélhazar, posté avec sa carabine à la fenêtre de la gloriette, surveillant les alentours. Je peux te dire que moi, sur ces panneaux, j'y ai passé des jours et même des nuits. Tiens, le suivant, vers les taillis : la « Voie du maraudeur ». Il y a toujours un danger dans le monde de Bélhazar. Quelque chose dont il faut se protéger.

Une fine buée recouvre ses yeux. Les armes ne passent toujours pas. Elles ne passeront jamais.

— Plus loin, il y a les voies. « Voie de la nouvelle saison »... Le printemps, peut-être... La renaissance.

Le chêne sur lequel ce panneau est attaché domine un coin de verdure où volent des papillons jaunes. Yann me les montre.

— Les papillons, pour moi, c'est Bélhazar. C'est sa présence. Quand je parle de lui, il y en a toujours un qui s'approche de moi.

Encore plus loin, près du ruisseau, on trouve la « Voie de la Porte des étoiles ».

— Qu'est-ce que c'est que la Porte des étoiles, sinon un passage ? Et à ton avis, on la franchit comment ? Il n'y a pas mille façons d'atteindre les étoiles.

J'avoue qu'à cet instant, je suis incapable de suivre sa pensée. Je me contente de l'écouter, ne sachant pas s'il s'amuse à divaguer ou s'il est au contraire frappé d'un éclair de lucidité.

— Je sais, dit-il. Je vais t'amener dans un endroit que tu dois voir. Tu en sais suffisamment. Mais tu vas peut-être me prendre pour un fou.

Nous parcourons en une heure les soixante kilomètres qui nous séparent de la commune de Tréhorenteuc. Je connais l'endroit, j'y étais venu il y a des années, attiré par le mythe arthurien. De là, on peut aller visiter le Val sans retour, le tombeau de Merlin ou l'Hotié de la fée Viviane, lieux qui ne correspondent à aucune réalité puisqu'ils se réfèrent à un mythe. Mais la force de l'imaginaire est telle que des milliers de gens acceptent de croire au pouvoir magique de Brocéliande, tout simplement parce qu'ils le souhaitent. N'est-ce pas le même processus à l'œuvre avec Bélhazar ? Je lis son œuvre. J'en relie les éléments épars. Et je crée un champ imaginaire, à Treverian, doté d'un magnétisme surnaturel. J'y crois tout simplement parce que j'en ai envie, parce que j'en ai besoin, et que, sans la magie, tout cela serait trop triste.

Un peu avant la fameuse forêt, il y a un marché du temple où des illuminés qui se prennent pour des druides vendent des amulettes ou des serpes d'or en plastique. C'est ridicule. Pour éviter de me garer là-bas, j'ai toujours préféré m'arrêter à Tréhorenteuc. Je connaissais donc le hameau, mais je n'étais jamais entré dans la petite église Sainte-Onenne.

— Viens, me dit-il. Dans cette chapelle, le Graal est passé, emporté par Perceval.

Je souris.

Nous entrons.

Au premier abord, c'est une petite chapelle comme les autres. Peut-être un peu plus païenne, avec dans le fond de la nef sa mosaïque représentant un grand cerf blanc portant la croix, défendant la forêt sacrée contre la menace de quatre griffons des enfers.

— Observe le vitrail au-dessus de l'autel, suggère Yann, et dis-moi si tu remarques quelque chose.

Il a pris son ton comploteur. Que faut-il y voir ? Un curé prêche sur fond de feuilles de chêne. Une colombe blanche semble en communication avec lui. À l'arrière-plan, le même fauve infernal que sur l'autre mur, d'autres oiseaux, les armes de Bretagne. En somme, une imagerie arthurienne que l'on s'attend à trouver en ce lieu où les mythes celtes se superposent à la liturgie chrétienne.

— Tu ne vois pas ? En bas, sous les pieds du prêtre, là, deux lapins blancs !

Je suis un peu déçu. J'avais fait monter très haut mon désir de merveilleux, et voilà que Yann recommence avec ses lapins. Alors, il me montre un écriteau, disposé sur l'un des murs, à l'usage des touristes. Voici ce que j'y lis, et si vous vous rendez à Tréhorenteuc, vous pourrez le lire aussi, à droite en regardant la nef :

(...) le lapin est le passeur. Il chuchote à qui veut l'entendre qu'il existe des secrets à découvrir derrière l'apparence des images. (…) Il tend l'indispensable clef de la *porte en dedans*. À chacun d'ouvrir les yeux pour tenter de décrypter le sens caché des messages.

Jusqu'à cet instant, j'ai toujours entendu une voix me répéter : « *Tu inventes. Tu fais ton miel de ce que Bélhazar t'a laissé, mais en réalité c'est toi l'auteur.* » À l'image de ses parents qui racontent sa naissance miraculeuse, nous voulons que Bélhazar fasse de nous des artistes, qu'il nous pousse à poursuivre son œuvre. Nous soufflons sur ses cendres, pensant que l'incendie formidable qu'a été sa vie va reprendre et nous éclairer. Mais en réalité il est mort, et nous lui refusons ce droit. Pourtant, ce petit panneau, accroché au mur d'une église située à soixante-dix kilomètres du champ de Treverian, je ne l'invente pas, je ne lui fais pas dire ce qu'il ne dit pas. C'est écrit, là, sur le mur : « des secrets à découvrir derrière l'apparence des images ». Cet écriteau a été rédigé il y a cinquante ans, par un curé qui ne connaissait rien de notre histoire.

Je demande à Yann :

— « … l'indispensable clef de la *porte en dedans* ». Tu as une idée de ce que cela veut dire ?

Il me prend par la manche et m'attire juste en dessous de l'arc en plein cintre de l'entrée :

— Lève la tête.

Au-dessus, une formule en lettres gaéliques :

— « La porte est en dedans ».

— Nous y sommes. Alors, que dis-tu maintenant ?

Je dis que tout est vrai. Chaque détail, chaque élément du puzzle que j'ai retrouvé, je l'ai vu, je l'ai tenu dans mes mains. La seule chose que l'on peut m'opposer, c'est d'avoir tendu un fil entre ces éléments. Après un saut, un danseur peut tomber ou bien rester debout. Entre ces deux probabilités, il trace une courbe qui est l'essence même de l'art. Est-elle moins vraie que la loi de la pesanteur ? On peut voir dans la vie de Bélhazar une succession de coïncidences. On peut dire qu'il n'y a aucun lien entre ces faits, que tout est hasard. Moi-même, je crois aux hasards et je me méfie du Destin. Je pense que les choses qui arrivent dépendent d'une mathématique infiniment puissante, qui fait surgir les événements comme les boules du Loto. Mais je trouve que Bélhazar gagnait bien souvent. Je dis qu'il y a des hasards qui méritent qu'on les regarde de plus près. La lecture que j'en fais, le roman que j'en tire, je veux bien qu'on me dise que c'est n'importe quoi, mais tout est vrai.

Le récit qui relie les dits et les faits de Bélhazar, c'est cette arabesque éphémère qui survit dans les yeux des témoins. Et tous les instants de grâce forment un pays des merveilles. Je ne cherche pas à dire la vérité au sujet de la vie et de la mort d'Antoine-Bélhazar Jaouen. Je tends un fil. Il permet de pêcher des oiseaux.

D'inverser les mondes. Je suis le premier surpris d'en être arrivé là.

Bélhazar m'a enseigné que l'émerveillement est la seule magie dont nous disposons. Il m'a montré, dans la petite église de Tréhorenteuc, que l'enquête que j'ai commencée il y a plus de deux ans n'a jamais cessé de forer en moi. Qu'elle m'a transformé. J'enquêtais sur sa mort. Je me suis rendu compte que je n'étais pas un procureur ou un flic. En réalité, j'enquêtais sur moi-même.

Je suis un créateur, avec toutes mes limites et mes maladresses, mais c'est pour cela que tu m'as choisi. La vérité, tu n'en veux pas.

Tu veux que je retrouve la clef du monde que tu as imaginé. Pour que je mette un point final à ton œuvre.

Nous roulons en silence jusqu'à Dinan. Je pense à mon train qui va me ramener au Pays basque, et à la rentrée des classes dans une semaine. Demain, je retrouve ma vie. Dans quel état ? Est-ce encore *ma vie* ?

Bientôt, Armelle achètera la maison de Plouër-sur-Rance que tu lorgnais. Au même moment, Yann se séparera de celle de Saint-Brieuc, devenue trop grande. Tes deux tantes n'en pouvaient plus de monter l'escalier, et de ne plus t'entendre le descendre.

Octobre 2020. Le monde sera confiné. Tu aurais fait quelque chose de cette situation incompréhensible. Elle aurait eu un sens pour toi. Tu l'aurais livrée à Zu et à Zo sous la forme de collages. Elle aurait fait les gros titres de ta gazette.

Pour l'heure, à Saint-Brieuc, Yann doit vider la maison. Trois générations d'objets y passent. On ne dira jamais assez le rôle que joue la déchetterie dans l'allègement de la peine. Yann n'est pas un grand nostalgique, son déménagement avance vite. Tes affaires personnelles sont transportées à Treverian. Un soir, à la cave, il s'est retrouvé face aux coffres-forts. Que faire d'eux ? Il ne pouvait pas les laisser aux prochains propriétaires. Il a décidé de les découper au chalumeau. Deux gars sont venus s'en charger. On allait les débiter en tranches d'acier. Eh bien, tu sais quoi, Bélhazar ? Ils n'y sont pas parvenus. Après deux heures de jurons et d'étincelles, les deux costauds sont repartis sans rien demander.

Arrivés à l'hôtel, Yann me salue rapidement et redémarre, avec un air grave que je ne lui connaissais pas.

Je monte dans ma chambre, toujours la même. M'allonge sur mon lit, pour la dernière fois. La nuit est tiède. Par la fenêtre entrouverte me parviennent les sons plaisants d'une soirée d'été. Le bruit des talons de femme sur les pavés inégaux. Des amis s'interpellent à la terrasse d'un café. Quelques voix d'enfants heureux de ne pas rentrer se coucher. Je n'irai pas me joindre à eux.

En commençant à ranger mes affaires, je tombe sur ma tourmaline dans une poche de pantalon. Elle est ronde, noire et elle brille. Je pense à l'incantation de Maël. La peur que j'en ai eue. Elle a disparu.

La nuit est tombée. La lune est presque pleine. Yumigami me regarde-t-il, de là-haut ? Je n'ai pas dîné. L'action conjuguée de la faim et de la fatigue provoque en moi de petits vertiges.

Le mantra de Yann tourne en boucle dans ma tête : *Tout est jeu.*

Je place devant mes yeux la photo de toi où tu arpentes la plage de Poé. Je dispose sous ma chaise la photo d'un panneau, le plan du labyrinthe, comme une trappe prête à s'ouvrir. J'allume une bougie. Je range dans mon sac de voyage ma tourmaline noire et mon œil-de-tigre.

La flamme vacille.

Suis-je en train de devenir un illuminé comme ceux que l'on trouve à Brocéliande ? Peut-être. Mais je suis prêt à tenter le coup. Pour une fois, s'ouvrir. S'abandonner, et voir ce qui advient. J'ai ce qu'il faut de foi aveugle pour suivre le lapin blanc.

Soudain, je la vois, devant la gloriette. Une grosse boule de poils. Marguerite me regarde, avec ses yeux rouges et son museau humide. Que veut-elle me dire ?

La porte en dedans. Mourir à soi-même. C'est par là qu'il faut passer. Le seuil de l'existence. Il s'agit de mourir et de renaître. M'est revenue la phrase prémonitoire de Bélhazar à Christian. Et cette idée de classer toutes ses affaires un mois et demi avant sa mort. La mort de Bélhazar devait être une renaissance.

Je m'imagine accroupi au milieu de la clairière. Mon cœur s'emballe. Une peur de tous les diables. Je pense à moi, enfant, jouant sur mon tas de sable, produisant mon ronronnement, en communion avec les fantasmagories de la nature. J'appelle ce pouvoir avec un cœur d'enfant.

Je ferme les yeux. Une voix me murmure ces mots tout simples :

« *Ne cherche pas la porte. Elle est en dedans.* »

Et j'entre dans le terrier du lapin blanc.

Dans le labyrinthe

Une phrase qui traverse la forêt par tous les chemins à la fois.

Alexandre VIALATTE

Le ciel s'empourpre à l'orient, zébré de rayures parme. Deux falaises se précipitent dans des abîmes bleu nuit. Bélhazar est assis en tailleur, au centre de la gloriette, un manteau jeté sur ses épaules, sa .22 long rifle posée en équilibre contre le rebord de la fenêtre. On entend des craquements dans les branches des saules et le clapotis de l'eau entre les pierres polies. Le garçon aux cheveux de jais plonge sa main dans une gibecière. Il en sort un sandwich, croque dedans en prenant garde que le bruit de sa mastication ne couvre pas le chant du paysage : roucoulement de pigeons, trilles de mésanges, bourdonnement d'insectes.

Ce qu'il épie avec autant d'attention devrait apparaître à une cinquantaine de mètres, au bout d'un couloir taillé dans la végétation. Il fronce le regard. Rien ne bouge, hormis, sous l'action régulière du vent, les brindilles courbées, les feuilles envolées, les nuages pourpres. Il ouvre sa gourde, boit une gorgée, la referme lentement. Des oiseaux noirs traversent le ciel. Le Regardeur de soleils balaie la mèche devant ses yeux, sort de leur étui une paire de jumelles. De ses yeux-perles, il fouille l'horizon.

Soudain, un grattement au sol. Cela provient de l'entrée de la gloriette. Il pose la main sur la crosse de la carabine et pivote. D'un geste rapide, il met en joue. Respiration coupée. Au bout du canon apparaît une forme blanche.

— Bonjour, Tireur convivial.

— Marguerite ! Tu m'as fait peur, annonce-toi la prochaine fois.

La lapine fronce son museau. Elle regarde de chaque côté, ses longues oreilles tendues en pointe, et demande :

— Rien, aujourd'hui ?

— Non, toujours rien.

— Tu sais, je crois qu'ils ne viendront pas, cette fois non plus. Tu peux baisser ton arme.

— C'est une ruse, Marguerite. Tu te montres bien crédule. Tu sais pourtant qu'ils sont malins. Moins on les entend, plus ils s'approchent.

— Mouais… C'est ce qu'ils te font croire.

— Marguerite, il faut que quelqu'un monte la garde. Il nous faut une sentinelle, l'histoire nous l'a prouvé. Et qui d'autre que moi ? Ce n'est quand même pas toi, avec tes petites incisives, qui vas t'opposer aux dangers de ce monde ?

La lapine a posé ses pattes sur le rebord de la fenêtre et, de ses yeux rouges, inspecte les environs.

— Plus personne n'a emprunté la Voie du maraudeur depuis de longues années, tu le sais bien, Bélhazar.

— Et Renard malveillant ?

— Bah, c'est moi qu'il cherchait. M'a-t-il trouvée ?

— Tu veux que je te dise, chère Marguerite, je te trouve dangereusement confiante en l'avenir. Et je ne saurais que trop te conseiller de retourner à ce que tu sais faire le mieux.

— La Place du samizdat de plomb, c'est bien ça, hein ?

— Exactement.

— Pfff... J'ai déjà envoyé des tonnes de lettres !

— Des kilos, chère Marguerite. Treize, pour être précis. Reste modeste. Et tu dois continuer. Jusqu'à ce que l'une d'entre elles atteigne son but.

— Je te l'ai déjà dit, ce jeu est trop compliqué. Même si j'arrive à les adresser à quelqu'un, comment veux-tu que cette personne y entende quelque chose ? Et moi, pendant ce temps-là, je travaille pour rien.

— Objection rejetée, madame la paresseuse. Au boulot !

Là. Je suis entré. J'ai retrouvé le chemin que tu t'étais frayé, avec ton père, dans l'épaisseur du taillis, caché sous une jungle d'aubépines et de saules. En continuant tout droit, je devrais déboucher sur le verger, puis le champ. Je viens te dire adieu.

Je sais que tu n'es pas d'accord. Tu résistes. Je t'ai entendu, tu sais ? Il y a quelques jours, à l'aube, j'ai écrit six pages dans lesquelles je te quittais, et mon ordinateur a tout effacé. Impossible de récupérer le texte. Je sais que c'est toi.

Je sais que tu es triste.

Et je sais de quoi tu es capable quand la tristesse te prend.

C'est pourquoi je viens à toi.

En une heure, j'ai dû progresser de cinq mètres à peine. Des ronciers ont lacéré ma chemise et le bas de mon pantalon est déchiré. Je repousse les branches avec un bâton de houx, mais les doigts d'épines se jettent à l'assaut de mon visage et me griffent le front. Des gouttes de sang perlent sur mes joues. J'en recueille du bout de la langue. Elles ont un goût de fer et de bois mort.

Ne sois pas triste, Bélhazar. Je ne viens pas te parler de mes blessures, ni de la mort des avocats, ni de la peine de tes parents. Je viens te dire que toi, plus que tout le monde, tu as souffert. Je t'ai magnifié, j'ai voulu voir en toi l'être de lumière et j'en ai oublié ta chair endolorie. Ta mort violente. La souffrance d'être et, l'instant d'après, de n'être plus.

Le chemin tourne à angle droit. Je dois garder le contact avec le mince fil de terre sous mes pas. Les fougères auxquelles je m'accroche me laissent de longues estafilades le long des bras. Ma tête bouillonne. Il me semble entendre des voix. J'avance.

Tu n'aimes pas les adieux, Bélhazar. Je le sais. Je l'ai compris. Mais ce n'est pas un adieu. Je viens t'apporter ton héritage. Tu verras comme il brille. Il tient en un mot, par lequel on sort du labyrinthe : l'amour.

Laisse-moi te raconter…

Une semaine après mon départ de chez moi, aux premiers jours de 2020, j'ai reçu un message vidéo. La jeune fille aux yeux verts dont j'étais amoureux à quinze ans me jouait le *Concerto 23* de Mozart. Cela voulait dire : « Reprenons ce que nous avons laissé trente ans auparavant, ce pur désir d'enfants, donnons-lui une nouvelle chance. » C'était un 13 février. Voilà pourquoi je parle d'amour, Bélhazar, voilà pourquoi je parle de bénédiction. Tu m'as offert une nouvelle chance. J'avais si peur. J'avais envie d'être triste et seul et d'en tirer une espèce de gloire. Mais tu étais là, avec tes fleurs et tes couleurs. Ce texte ne ressemblait pas à grand-chose, à l'époque, mais tu m'avais déjà insufflé la force *d'être moi-même*. Alors, à ma grande surprise, j'ai retrouvé l'abandon qu'il faut pour aimer. Le texte s'est ouvert et l'écriture a jailli.

Encore quelques mètres. Le chemin se referme. Je ne perçois plus le bruit des tracteurs dans les champs, seulement le fracas d'un million d'insectes, leur urgence. Je frappe les lianes, m'épuisant contre la nature impassible.

Devant moi, deux sentiers. L'un est plus étroit et la végétation y paraît plus dense. L'autre semble plus praticable. Je n'ai aucun souvenir de cet embranchement. D'après mes calculs, je devrais être sorti du taillis. Je choisis le chemin le plus difficile, sans songer à enlever les tentacules d'épines autour de mon corps. Je sens leur succion sur ma peau, le passage incisif de leurs lames. Mes mouvements sont ralentis. Une matrice humide m'enveloppe comme à l'intérieur d'une fleur carnivore un insecte. Une ronce s'enroule autour de ma cuisse, une autre se saisit de mon cou. Mourir, enseveli sous les couches innombrables du labyrinthe. Dans mes veines, le sang se glace. Faut-il mourir pour t'atteindre ?

Ton livre, Bélhazar, est une histoire de la peur. Je l'ai ressentie à chaque ligne que j'écrivais. Parfois, je me disais : *Non, tu ne peux pas écrire ça. C'est trop dangereux*. J'avais un frein à main dans les tripes. Mais toujours une voix, une personne qui m'aime et qui t'aime me donnait la force de faire un pas en avant. Tu me montrais comment cheminer avec ma peur et, ce faisant, elle laissait voir sa fragilité. Voilà encore ton héritage.

C'est un livre sur ce que l'on fait du poison une fois qu'on l'a inoculé. Vivre sa peur. La sentir dans ses veines. Ne pas la vaincre. L'écouter. Jusqu'à ce qu'elle laisse place à la sensation d'une paix profonde. La même qui t'a habité au soir de ta mort.

Il se passe quelques minutes avant qu'un opium infuse mon corps. Je relâche mes muscles et les griffes se font plus douces. Une lumière pénètre à travers le rideau de branches. J'entends le métronome de mon grand-père. La petite butée de plus en plus lente, le poids de la vie qui peine à imprimer à la tige d'acier son mouvement de balancier. Comme si mon cœur ralentissait.

Est-ce donc cela, Bélhazar, la porte en dedans ?

Au moment où Bélhazar revient de son tour d'inspection dans le labyrinthe, Marguerite est posée devant la gloriette. Elle laisse le soleil chauffer sa grosse boule de fourrure blanche.

— Alors, Tireur convivial, toujours pas d'assaillants, aujourd'hui ? Comme c'est étrange…

— Rien, madame la persifleuse, mais ce n'est certes pas un motif pour baisser la garde.

Froncement de museau moqueur.

— L'air est tellement doux, fait-elle.

— C'est un signe, reprend Bélhazar, je suis allé à la Porte de Bretagne et j'ai ressenti une chaleur anormale montant de la terre. Tu sais ce que cela signifie ?

— Non, mais tu vas me le dire…

— Cela vient de l'autre monde. Ici, il n'y a pas de température. Cette source de chaleur nous signale que quelqu'un a ouvert la Porte.

— Mais comment est-ce possible ? Qui peut venir jusqu'ici ?

— C'est très surprenant, en effet. À moins que l'une de tes missives n'ait atteint son but.

Le Regardeur de soleils s'approche de la fenêtre et scrute l'horizon. La lapine se tient sur le seuil de la gloriette. Elle râle :

— Sans doute quelque étranger qui cherche à nous enlever. Souviens-toi de ce qui est arrivé à Pepito ! Tu aimes le jeu, Bélhazar, mais dis-toi que les gens ne sont pas comme toi. Ils prennent tout au sérieux. Ils n'ont rien compris, c'est certain. Maintenant, ils viennent pour nous.

Marguerite plisse ses petits yeux aux pupilles rouges. Elle poursuit :

— Je t'avais bien dit que cette histoire ne tiendrait pas.

— Comment peux-tu dire ça, tout le monde y a cru !

La lapine retrousse ses babines :

— Pffff... Toi et ta manie des jeux ! Tu t'es amusé à laisser des signes, tu t'es imaginé que quelqu'un les verrait et que ce serait la bonne personne. Tu les as tous pris pour des idiots, eh bien voilà le résultat. Oui, quelqu'un a dû recomposer le puzzle, et à présent il est entré. Mais on ne sait même pas qui cela peut être. Celui que tu attends ? Encore un mystère, encore un danger. Que va-t-il se passer, si ce n'est pas lui ? Même toi, tu ne le sais pas. Tu aimes trop les mystères, Bélhazar ! Tu aimes trop les dangers.

— Attention, madame la prudente, vous laissez la peur dicter vos pensées. Franchement, Marguerite, crois-tu vraiment que je n'aie pas tout prévu ? Il fallait que quelqu'un entre. Voilà, c'est fait. Je l'attendais. Le jeu peut enfin commencer.

Dressée sur ses pattes arrière, la lapine postillonne de colère.

— … ou se terminer ! Nous étions si tranquilles…

Je ne sens plus mes membres. La douleur laisse place à une douce euphorie. J'entends à nouveau le clapot de l'eau contre les pierres du ruisseau, le roucoulement des pigeons, le moteur vrombissant des insectes, le chant des oiseaux solistes. Tout a repris son ordre originel.

J'effectue un rapide scanner de mon corps. Le sang a coagulé sur mes jambes. C'est donc qu'un temps assez long s'est écoulé. Mes habits n'offrent plus aucune protection. À l'exception d'un pantalon en lambeaux dont je parviens à déchirer le bas. Le contact de la terre contre mon ventre est chaud. Je veux ramper, car mon instinct me dicte de ne pas rester sur place. Mais tout se déroule comme en un rêve où l'on essaie de marcher sans pouvoir faire le moindre pas. Je progresse de l'intérieur. La sensation de m'enfoncer en moi-même.

Tout au fond, je perçois un ronronnement. Un bruit de mastication. Un rire cristallin le découpe comme une lame. J'écarte les branches d'une haie. Un enfant est assis sur un tas de sable. Ses yeux sont bleu ciel et ses cheveux sont blonds. Il a cette coupe au bol des années 1970, une chemise naguère blanche et une culotte de flanelle grise. Il joue, absorbé par l'histoire qu'il se raconte.

Un autre, plus grand, s'approche de lui.

— Viens, dépêche-toi. On n'a pas le temps de rêvasser.

Leurs traits sont tirés, leurs cheveux en pagaille. Celui qui mène son frère est sans doute l'aîné. Où vont-ils ? Ils errent. J'aimerais les interpeller, je crie vers eux, mais ils n'ont pas de réaction, comme si nous étions séparés par une cloison de verre. Le plus jeune a le nez qui coule. Le grand avance d'un pas rapide. Du regard, il cherche quelque chose dans les branches. Soudain, il fait signe de s'arrêter. Sur le tronc d'un chêne, il y a un panneau : « Chemin de l'ogre jaune ».

— Il dit quoi, celui-là ? demande le petit.

— Rien, répond l'aîné. Rien de nouveau.

— On fait quoi, alors ?

— Que veux-tu qu'on fasse ? On continue.

Les deux enfants s'enfoncent plus profond dans la forêt. Je ne peux pas les suivre. J'entends simplement que le petit appelle un nom. Certainement celui de sa mère. Comme il se retourne de mon côté, je perçois mieux sa voix :

— Bélhazar !...

— Tais-toi et avance, marmonne le plus grand.
Et ils s'enfoncent, plus profondément encore, dans la forêt.

— Alors, demande Marguerite, du nouveau ?
Bélhazar pose un doigt sur ses lèvres à destination du lapin. Puis, lentement, il épaule sa carabine.
— J'ai ressenti un frémissement du côté de la Porte de la nouvelle saison. Tu vois ce changement de couleurs ? On dirait que le jour se lève, alors que c'est le côté du ciel où il fait toujours nuit.
— Oui, ce n'est pas normal. Un rayon de soleil est entré. Si c'est le cas, il faut qu'une porte soit restée ouverte.
Passe un long silence entrecoupé des trilles d'un rossignol.
— Je me méfie, fait Bélhazar.
— Quoi encore ?
— J'ai entendu un bruit venant de la Voie du maraudeur...
La lapine tend son museau dans la brise du soir. Elle en respire toutes les fragrances.
— C'est vrai. Quelqu'un approche, je peux sentir son odeur de cuir pourri. Tiens-toi prêt, Bélhazar.

Le ciel est d'un bleu nuit, presque noir. Une lumière artificielle éclaire une clairière devant moi. Je reconnais celle du champ de Treverian. Les arbres ont poussé, et de l'un d'eux pendent des poires. J'essaierais bien d'en manger une, mais les mouvements les plus simples me sont difficiles. D'un revers de main, j'essuie le sang sur mon visage. Je sens une balafre le long de ma joue droite. Je veux l'évaluer en la tâtant du bout des doigts, quand je distingue, non loin de moi, la silhouette d'un homme. Il est assis en tailleur. Qui peut avoir pénétré, comme moi, dans le labyrinthe ? N'importe quel voisin, après tout. Un paysan du coin qui aurait repéré l'endroit pour y faire une sieste. Il me tourne le dos, courbé sur lui-même. Oui, c'est ça, il doit se reposer à l'ombre du verger. Mais il est en pleine lumière.

Je suis à quelques mètres derrière lui. Il porte un képi militaire et un épais manteau en laine bleu pâle d'où sortent les pans d'un pantalon rouge garance. Aux pieds, des brodequins de cuir. Son visage est barré d'une moustache à la mode des années 1910. Il a un galon de sous-lieutenant à l'épaule. Au bout de son bras pend un revolver.

Je passe devant lui en essayant de faire le moins de bruit possible. Mais il sort de son sommeil comme s'il avait senti ma présence. Il tourne vers moi le côté opposé de son visage. Ce n'est qu'un trou béant.

Je fais un bond en arrière. Le Poilu se lève et claudique dans ma direction. Il voudrait me parler, je le vois à son regard borgne. Je recule jusqu'à la limite de la clairière. La pensant impénétrable, je m'y appuie. Au moment où sa main velue va m'atteindre, je suis happé par la masse végétale.

J'ai rouvert les yeux dans l'herbe pourpre. Le flanc bleu d'une falaise s'enfonce dans un océan électrique. Il n'y a pas d'étoiles dans le ciel, pas de fond dans les abîmes. Une cascade de lumière tombe depuis la crête de collines naïvement peintes. L'obscurité mange le ciel, que des corbeaux traversent. Bélhazar et Marguerite sont adossés à un petit peuplier.

Je n'ai produit aucun son, mais la lapine a dressé les oreilles et renifle l'air. A-t-elle senti mon odeur ? Elle articule quelques mots en direction de Bélhazar. Il se retourne et marche vers moi. Des papillons jaunes s'envolent sous ses pas. Je me lève, soudain libre de mes mouvements. Je m'approche. Il est là.

— Bonjour, Bélhazar. Enfin, je t'ai retrouvé. Je te cherche depuis si longtemps.

— Et moi, je t'attendais.

— J'ai découvert beaucoup de choses que je ne comprends pas. Il faudrait que tu m'expliques.

Mais je sais maintenant pourquoi tu ne devais pas naître et pourquoi tu n'es jamais mort.

— Tiens donc !

— Tu as créé un monde. Ton esprit ne repose pas, il veille. Mais comme tu n'as pas terminé ton œuvre, tu t'es arrangé pour que d'autres le fassent à ta place.

— J'aimerais bien. C'est une explication qui ne manque pas de piquant.

— J'ai mille questions à te poser : Ce que tu cherchais dans le passé, l'as-tu trouvé ? Était-ce le sous-lieutenant Martin ? Ton ancêtre suicidé au matin des Jumelles d'Ornes ?

— Pourquoi l'aurais-je cherché ?

— Tu voulais réparer le passé. Mettre terme à la malédiction. Il est ici, tu sais. Je viens de...

— Allons bon, encore cette histoire ! Ne me dis pas que tu crois à ces sornettes.

— Je crois ce que j'ai vu. Comment oublier son visage ? Comment oublier les morts qui ont jalonné l'enquête ? Que se passe-t-il avec la vérité, Bélhazar ?

— La vérité ? Quelle drôle d'idée !

— Mais j'ai récolté tant de signes incroyables, cela ne peut être des coïncidences.

— Qu'as-tu vu, au juste ?

— À l'âge de dix ans à peine, tu as peint ce tableau – *Autre ¿* – par lequel tu suggères qu'un monde pourrait exister, sous le nôtre. Est-ce ici ? L'as-tu trouvé, ce lieu de grande justice auquel le lapin blanc donne accès ?

— Ce n'est rien d'autre qu'un tableau d'enfant !

— Quelques années plus tard, tu peins ce paysage qui est autour de nous. Comment pouvais-tu le connaître ?

— L'imagination est surprenante… Pas vrai, Marguerite ?

— Puis, tu organises la topographie d'un pays imaginaire, dans le champ de Treverian. Et quand tout est prêt, tu classes tes affaires.

— Et ?

— Tu dis cette phrase énigmatique, au notaire, ton seul et unique testament. Enfin, tu disparais.

— C'est plutôt bien troussé. Tu peux raconter les choses comme cela… ou bien les laisser dormir.

— Je ne peux pas.

— Et si je te demandais, moi, de me laisser dormir ?

— Tu n'aurais pas laissé derrière toi tous ces indices pour te retrouver.

— C'est vrai. À moins que tu n'aies tout inventé ? Ces prétendus signes, peut-être les as-tu agencés à ta manière, les pliant à ta volonté, et, par une succession d'heureuses coïncidences, peut-être ont-ils fini par s'emboîter ? Et si c'était toi le créateur, et moi ta créature ?

— Je ne me passionne pas pour la Première Guerre mondiale.

— Mais ton grand-père, que tu tiens pour ton modèle, a fait la Somme, non ? N'est-ce pas en te plongeant dans ses archives que tu t'es passionné pour l'histoire ?

— Je ne peins pas. Je ne suis pas un artiste comme toi.

— Mais ta mère, que tu aimais tant, voulait être peintre. Elle avait un joli coup de crayon. C'est toi-même qui le racontes dans tes livres. Elle est morte, et tu as écrit pour la retrouver, dans l'espoir que cela lui redonnerait vie. C'est toi qui t'entêtes à combattre l'oubli. C'est la raison profonde de chacune des lignes que tu écris. Ne serait-ce pas toi, l'inventeur de ce monde ?

— Je n'ai pas rêvé tout ce que tu as mis sous mes yeux !

— Il y a d'étranges coïncidences, je te l'accorde. On pourrait même penser que tout cela se tient, et mène quelque part. C'est l'effet que ça fait quand on regarde de trop près.

— Mais la malédiction ? Tant de gens sont morts. Pourquoi ?

— Les gens sont morts parce que c'est ainsi, c'est le résultat de l'existence. La malédiction, c'est un miroir que l'on trouve quand on cherche ce qui n'existe pas. Il renvoie une image déformée par la peur.

— Alors tout ne serait qu'illusion, comme le lapin sorti du chapeau ?

— Tu voulais tellement y croire que tu as fini par le faire exister.

— J'ai quelquefois pensé que tu étais une toile blanche qui attire à elle le pinceau du peintre. Tous, nous nous serions fait prendre à tes tours. Ton histoire serait une création collective à laquelle chacun a apporté sa touche.

— C'est ainsi que tu te rapproches le plus de la vérité. Cette enveloppe vide.

— Tes parents m'ont dit : « Relance l'enquête, trouve la vérité. » Ta mère m'a donné les dossiers. J'avais tout en main. J'ai travaillé des années. J'ai scruté la réalité et m'en suis rapproché jusqu'à ce que ses contours se brouillent. Tout était vrai, au départ. Je me suis approché encore, jusqu'à ce que la plus pure réalité devienne monstrueuse. Nous sommes des monstres, de tout près. J'entends déjà ceux qui vont dire que tu étais étrange, que tu aimais les armes. Que tu portais en toi la violence et le goût de la guerre. On va tout déformer, à force de te regarder, et ce sera ma faute.

— Ne t'inquiète pas pour ça. C'est le prix. Je le paye volontiers.

— Pourtant, j'ai accordé du temps et de l'attention aux détails. J'ai posé mille fois les questions qu'on ne se posait pas. Je me suis perdu en chemin. Que vais-je dire à tes parents ? J'ai tout raté...

— Au contraire, tu es entré dans ce monde et tu m'y as trouvé. Que j'existe ou pas n'a aucune importance. Tu n'as pas craint la malédiction et, pour prix de ton courage, tu as la bénédiction.

— La tienne ?

— Celle de l'amour, de l'art, et des couleurs. Et un conte.

— Je n'en connais même pas la fin.

— Je vais te la donner. Mais pour cela, j'ai besoin de ton aide.

— Que dois-je faire ?

— Me prêter ta voix.

— Comment pourrais-je faire ?

— Retourne là où tout a commencé. Va voir ma mère, je serai avec toi.

Bélhazar ? M'entends-tu, Bélhazar ? Es-tu ici ? Es-tu avec moi ?

Je suis devant l'immeuble de la rue de l'Éternité, dans la nuit qui t'a emporté. Aussi léger qu'une âme, j'ai plané au-dessus des rues de Dinan jusqu'à atteindre le balcon de ta mère. En cette nuit du 13 février 2013, je me suis placé devant la baie vitrée de ton appartement, comme une pensée revenue hanter les vivants.

Ta mère est là. Je la vois. Où es-tu ?

— Chut ! Regarde comme elle fait des allées et venues dans le salon. Elle est inquiète. Elle sent quelque chose.

Cela ne m'étonnerait pas. Je te l'avoue, Bélhazar, j'ai toujours eu peur d'elle. La rage dont elle est capable. Qu'elle s'abatte sur moi. C'est pourquoi je ne veux pas entrer. Nous resterons là, dans le ciel noir et froid, à attendre que se tisse le fil des événements. Mais que fais-tu le nez collé à la vitre ? Tu vas être vu !

— Laisse-moi lui parler :

« Encore à t'occuper de tes plantes ? Il est minuit, maman, il faut aller te coucher. Je veux que tu dormes quand arriveront les instants tragiques. Vois comme tu enchaînes les cigarettes. Tu trembles sans savoir pourquoi. Ta main se pose sur un tas de photos. Tu en tires une comme d'un paquet de cartes. Qu'attends-tu encore des promesses de l'avenir ? N'attends rien. Il n'y a pas d'espoir que tu ne pleureras pas.

Va plutôt t'occuper de tes fleurs. Tiens, ne seraient-ce pas, à côté des plantes grasses de Nouvelle-Calédonie, le millepertuis et la verveine ? Ce sont des baumes pour calmer la peine. Quelle est cette souffrance que tu me caches ? Je voudrais tant te voir apaisée. J'aimerais marcher avec toi sur la promenade des cerises, pêcher le crabe des mangroves. J'aimerais le faire pour toi. Pour te soulager. De mon côté, je n'ai plus besoin de marcher ni de cueillir ni de manger des fleurs. Que ta peine soit tienne jusqu'à ce que tu la vainques, de mon côté je n'ai plus de souffrances. Je suis venu te le dire. »

La bande de jeunes arrive, Bélhazar ! Ils descendent par la ruelle qui longe le couvent des Cordeliers. Ils produisent le tintamarre de ceux qui cherchent à quereller la nuit. Là, plus bas, vois-tu cette ombre qui remonte les rampes du port ? C'est toi, accompagné de tes deux larrons. Le gros chef de bande vient de te prendre à la gorge. Tu lui souris. Tu sors ton Ruby et tu t'apprêtes à tirer en l'air ce coup de pistolet qui va faire s'envoler les étourneaux.

— Laisse-moi encore lui parler.

Dépêche-toi, car la bande est en fuite, ton coup de feu a déchiré la nuit et vous marchez dans notre direction.

« Tu dors, maman, mais ton sommeil est si léger. Un rien pourrait t'en faire sortir, comme les cris de cette fille au moment où j'ai levé mon arme. Tu as failli te lever et descendre dans la rue. Tu ne dois pas. Je protège ton sommeil, maman, car ces minutes que tu dors, ce sont les années qu'il te reste. C'est ta seule chance de retrouver un jour le sommeil. Tu ne pourrais rien, dans cette nuit mécanique. Les événements se préparent depuis des lustres, ils s'enroulent sur eux-mêmes, et nous ne pouvons pas plus les changer que l'assaut des Allemands sur les Jumelles d'Ornes. Mais je peux encore te protéger. C'est pourquoi je suis là chaque fois que tu te retournes dans ton lit. Chaque fois que quelque chose te gratte. Chaque fois que, sur ta joue, une chaleur s'épanouit. »

Bélhazar, cette fois nous y sommes. Vois, les gendarmes t'ont attrapé et ils ont dirigé vers toi leur gyrophare. Vouloir t'aveugler, toi, le Regardeur de soleils ! Quelle plaisanterie ! Mais bientôt tu vas te mettre à courir et ils vont te poursuivre et...

— Tais-toi. Laisse-moi encore lui dire adieu. Et profites-en pour prendre congé de tes disparus, puisque tu le peux. C'est ce soir que nous les quittons.

« Maman, je sens dans la cuisine l'odeur d'un pot-au-feu. Tu n'attends personne. Tu m'espères. Tu voudrais me faire revenir et tu déploies toute ta magie.

Mais tu as réussi, car je suis là, de l'autre côté de la baie. Je te vois qui scrutes l'un de mes tableaux. Tu restes un instant en arrêt, en te tordant les doigts. Une nouvelle cigarette, tu retournes te coucher, puis tu te relèves, certaine cette fois d'avoir entendu crier mon nom. Cela vient du dehors, tu ouvres la fenêtre. Je suis devant toi, pesant le poids d'une âme. Tu ne peux pas me voir, et tu penseras que ce nom murmuré dans la nuit, ce sont les échos qui appartiennent au vent.

Une dernière fois, va te coucher. Ce message que tu m'envoies ne changera rien. Je suis parti. Je veux qu'un jour tu quittes cet appartement, car tu es faite pour les grands espaces et la nature tropicale. Je veux que tu retrouves l'amour avec un être qui aura un commerce apaisé avec les morts. Ces gens-là existent. Ils sont souvent simples et forts. Laisse derrière toi ce mausolée. Remplace-le par cet autre, plus petit : un livre. Ce n'est peut-être pas exactement celui que tu attendais, mais j'y suis, et c'est cela qui compte. Quand tu le tiendras dans tes mains, tu seras libre de baisser le store de la baie vitrée. Tu n'auras plus à me guetter dans la nuit. Il te restera à vivre ce qu'il te restera, et ce sera encore de l'or.

Je m'en vais à présent. Je vais aller voir papa, qui doit bricoler dans le musée ou dans le garage ou dans ma chambre. Sans lui, tous mes jouets seraient morts. Sans lui la vie n'aurait pas été si belle. Je vais aller jouer une dernière fois et peut-être monterons-nous dans la Mercedes pour un tour de roues de mille kilomètres. Que vais-je pouvoir lui demander encore ? Les rivières d'or de Laponie ? Les mines de diamants d'un roi oublié ? Il les trouvera. Je lui préparerai une joue de bœuf et nous palabrerons sous un chêne. Puis nous prendrons une direction, et ce sera la bonne. »

Bélhazar, dépêche-toi ! Ils sont à tes trousses. Ce n'est plus qu'une question de secondes.

« Laisse-moi partir, maman. J'ai entendu la détonation et il me semble que je tombe. Ne cherche plus la fin. Elle est arrivée depuis longtemps. Elle n'a pas beaucoup d'importance. Ce qui compte, c'est de trouver le début d'une vie nouvelle. Pour toi, pour lui. Pour nous tous. »

Je suis allongé, au petit matin, devant la gloriette. L'air est pur, à vous inoculer du bonheur par les pores de la peau.

Je jette un regard vers le fond du champ, il est tel que je l'avais laissé deux années auparavant, un amas de broussailles et de taillis. Le ruisseau chante. Devant la remise, des côtelettes transpirent leurs gouttes de graisse, qui crépitent dans le feu. Yann tisonne les braises. Il pose sur moi un sourire.

— Tu t'es bien amusé ?

Lever de soleil couleur Bélhazar. Rouge et orange et bleu. À l'horizon, les flèches de la cathédrale de Bayonne, à l'encre de Chine, se fondent dans les ombres des peupliers miniatures. Petit matin calme. Pas un camion pour faire trembler la maison. Le corps constellé de la femme aux yeux verts dort à mes côtés. J'ai les yeux ouverts, rien à écrire. Dehors, c'est le couvre-feu sur l'échangeur et la zone commerciale. Cherche-t-on vraiment à couvrir le feu ? Jeter des cendres sur la braise ? Couverture qu'on enroule autour d'un homme-torche. Éteindre le grand brûlé. Descendre des cendres. Y remonter. Quand tout se rallumera, cela fera un fameux brasier.

En attendant, aime, éternel apprenti.

J'ai terminé le texte, qui ne m'appartient plus. Il est parti entre d'autres mains, sous d'autres yeux. Cela provoque en moi une douloureuse sensation de dépossession. Je pense au corps de Bélhazar au matin de l'autopsie.

Je suis retourné voir ses parents un matin de novembre. C'était pour leur expliquer le lancement du livre. Il y avait mes deux nouveaux éditeurs. Armelle leur avait préparé un agneau de sept heures. Ils sortaient de la lecture et tout se matérialisait devant eux. Ils ont vu le sourire en granit de Yann et la douce puissance d'Armelle. Le port de Dinan et le mont Golgotha. Moi, j'ai vu que ce que j'avais écrit était juste. J'ai toujours eu peur d'avoir inventé quelque chose. Mais non, tout était bien comme je l'avais raconté.

Au moment de boire le café, nous nous sommes installés autour de la petite table, sur le canapé où s'était assis le procureur lors de la nuit tragique. Armelle nous a montré ses photos. Puis, elle a sorti la série de clichés pris à la morgue. Mes deux éditeurs ont vu Bélhazar sur son lit de mort, le point d'entrée de la balle derrière le crâne, de sortie au sommet de l'os pariétal, et cela voulait dire : Voilà jusqu'où vous êtes allés. Le chemin que vous avez suivi. Soyez les bienvenus. Montrez-vous dignes de lui.

Sur la route du retour, un orage ne nous a pas quittés. Une pluie noire zébrée d'éclairs blancs. Armelle et Yann dans les Dolomites. Quel miracle nous attendait encore ? Nous sommes arrivés dans la forêt où nous avions décidé de faire escale. La maison dans les bois de mon premier roman, où ma mère s'est éteinte, et où j'ai commencé mon cycle de la Mort. Une trilogie qui se termine. La femme aux yeux verts nous y attendait. Il y a toujours de l'amour, après la mort. C'est ainsi que tout recommence, après avoir fini.

Bientôt, le livre va sortir. Et il nous échappera complètement. Je ne m'occuperai plus des disparus et tu habiteras en moi. Comme dans tous ceux qui croient en ta magie. Tu passeras dans d'autres têtes, infuseras d'autres corps, donneras à d'autres cœurs le courage d'être soi. Tu changeras des vies.

Moi, j'irai retrouver ma terre d'hivers rigoureux. D'étés discrets. Revenir à la forêt. Aux mots nouveaux, aux familles inventées autour des feux de cheminée, aux jeux de cartes, aux jeux de mots, aux danses. Nous allons rire et bien nous aimer. Là, dans la forêt, il y a du bois pour le feu, de la boue plein les pieds, la confrérie des chevaux, avec leurs dos mouillés, et des araignées endormies dans le cuir des selles. Il y a la neige, la rosée qui casse l'herbe du matin, le retour à la vie, réelle. La tienne, Bélhazar.

REMERCIEMENTS

Merci tout d'abord aux parents de Bélhazar de m'avoir, avec tant de courage et de confiance, ouvert les portes de son monde. Merci également à Nadine et à Olivier, les parents de Valentin Ribet, à Christian, à Perceval pour leurs précieux conseils et souvenirs, et à tous ceux et celles qui m'ont aidé à comprendre le Regardeur de soleils.

Merci à Julia et à Guillaume, pour la force qu'ils m'ont donnée au moment où j'en avais tant besoin, et à Cécile, la vigie aux yeux verts.